地理学人随笔

家园·旅途·远方

李秀彬 著

商務印書館
创于1897 The Commercial Press

2016年·北京

图书在版编目(CIP)数据

家园·旅途·远方 / 李秀彬著. 一 北京：商务印书馆，2016
(地理学人随笔)
ISBN 978-7-100-12422-5

Ⅰ.①家… Ⅱ.①李… Ⅲ.①随笔—作品集—中国—当代 Ⅳ.①I267.1

中国版本图书馆 CIP 数据核字(2016)第 173100 号

家园·旅途·远方
李秀彬 著

商务印书馆出版
(北京王府井大街36号 邮政编码100710)
商务印书馆发行
北京通州皇家印刷厂印刷
ISBN 978-7-100-12422-5

2016年8月第1版 开本 880×1240 1/32
2016年8月北京第1次印刷 印张 4¼

定价：35.00元

目录

旅途

地理学家的哲思

单之蔷

秀彬是一位研究地理的学者。但若干年前我们第一次见面时，谈论最多的却是哲学和文学。记得那次谈起了哲学家海德格尔关于人如何“诗意地栖居”的话题。还提到了文学，他说地理学者应该做这样一项工作：从历代的文学作品中，把描写人们对环境（或者说空间）的感受的文字都找出来，看其中的异同与演变。临走时，他打开电脑，找到了现象学的一个网站，给我打印了一篇现象学的文章。

这次见面，令我印象深刻，因为在我接触的地理学者中大多对本学科专研精深，但很少有人关注哲学和文学，秀彬是个例外。

若干年过去了，一次秀彬来到我的办公室，拿出一本他的书，请我作序。我初看之后，就喜欢上这本书了，愿意为之作序，但只怕学识和历练不够，未能得其精髓。

虽然这本书是秀彬以往文章的一个结集，但它不是文集，是一本著作。因为他紧紧地围绕着“心灵地理学”这一主题选择他的文章。他过去写的一些文章，破除了一些流行的观点，我很喜欢，但因与“心灵地理学”关系不大，故未入选：如他的一篇短文解释了稀缺的资源价格为什么不会一直上涨；还有他对中国边远山区的土地利用做了研究，发现那里的人地关系已全然不是过去的模样，大规模启动第二期退耕还林已无必要……

秀彬将这本书的书名定为《家园 · 旅途 · 远方》。在本书的“跋”中，他认为书名中的三个概念构成了心灵地理学的框架。这三个看似平常的概念，过去还很少有人把它们放在地理学和哲学的视角下来思索。但秀彬做的就是这件事。

地理学一直强调人地关系。传统的地理学一直主张地理学研究人地关系，甚至早就有一种说法很有人情味：地理学家是把地球作为人类的家园来研究的。既然地理学一直关注人与地球的关系，那么李秀彬的心灵地理学有何新意呢？

确有新意。因以往的地理学虽然将人与地球的关系作为研究的对象，但是那里的人是作为一个整体与地球相对的，其中的“人”是抽象的人类的整体，人在这种关系中有共性无个性，他们不是有情感有情绪有体验的个体，也不是作为有地域性、有民族性或者有某种独特性的团体出现的。而在心灵地理学之中，人是作为鲜活的个体或者独特的团体出现的，其中探讨的是鲜活的有个性的人或团体与空间的关系，因为作为个体和团体的人的独特性是无比丰富的，这就为地理学打开了一个无限广阔的视野。秀彬把这一对地理学的开拓性的贡献，归功于美国地理学家段义孚，说这条路是段义孚开创的。

如果说其他地理学研究的是客观对象，那么心灵地理学要研究的是浸透了感情、情绪、意志、体验这些人类意识的空间对象，可以说是一种意象，意象过去是诗歌中的核心概念，现在它成了地理学家的研究对象。

秀彬这本书给我带来脑洞大开的感觉：一旦把人看作是具有不同地域色彩、不同经历、不同情感、不同秉性的人，那么这些不同的人与地球表面不同空间的关系将是何等丰富多彩，这简直就像一个魔方，每转动一下，就会产生无数不同的话题。有谁研究过不同地方的人对家、对家乡的感觉异同？蒙古包中的牧民对家的感觉与海南岛以船为家的疍民对家的感觉有何异同？有谁研究过不同阶层不同职业的人对工作场所的感觉？有谁研究过学霸与学渣对学校的感觉？有谁把地域歧视作为一个严肃的课题认真地研究过？有谁研究过移民是怎样融入一个新的地方的？有谁研究过第二代移民对故乡的感觉？……类似的问题可以一直问下去。

当然，秀彬的这本书没有如此发散地去谈论这些不同的人对不同的空间的体验和感觉，他在这本书中把目标集中在了这样几个主题词上：家园、旅途、远方。

这三个概念，的确是心灵地理学的核心概念，至少现在如此。

家。这个空间对于人来说是何其重要："没有家哪有我"，这是一首歌的歌词，但确实道出了"家"的真髓。家就是"自我意识"的源头，不，家就是自我的一部分。家不仅仅是房屋、家具等，它更重要的是我来到世上的栖息之所，我从那里咿呀学语，蹒跚学步……那里包含了父母、儿女等亲人……他们快乐，我就快乐，他们痛苦，我就痛苦……这些难道不是自我的一部分吗？如果说自我意识是一道源源流淌的意识之流的话，那家就是汩汩冒出的第一股水……

按照现象学家胡塞尔对意识结构的分析：你经历的每一件事，都没有消失，它们托着一条彗星一样的尾巴渐渐在你的意识之河中沉下去，但它们是滞留，不是消失，它们随时可被唤醒，加入到一个新的意向对象的建构中。有一句话很深刻：认识任何一件事物，都与你以往的全部人生有关，都需要调动你以往的全部经历。对“家”的记忆与经验显然在人的意识活动中始终作为一种背景存在着，“从来不需要想起，永远也不会忘记”，说的就是家在人的意识中的地位。

由家引出了家乡、故乡，由家乡、故乡这些空间意象又引出了“地方”，这都是浸透了人的情感、体验的空间，因此也成为充满“含义”的空间。与此相对的是秀彬在书中举出的“非地儿”和“异托邦”，这些地方对大多数人来说没有含义，缺乏情调，如码头、机场、车站、火车和轮船上……，那些在居住地找不到家和家乡的感觉的人，有一个词称呼他们:“漂族”。

家有时意味着亲切、温暖、放松、安逸和安全，但有时家也意味着压抑、无情、平庸、无聊和烦腻……这时家就成了逃避的对象，这时人生的另一极——世界和远方就出现了……

海德格尔说，人与世界的关系，不是人与世界相对；人一生下来就已经在世界之中了。人通过操劳，通过上手的工具，在世界中生存，一件件的工具互相牵引，把人带向远方……

生活在家和家乡中的人渐渐地对周围的事物、景色，还有你从事的劳作越来越熟稔，最后对周围的事物、景色已经熟视无睹，周围的一切已经完全背景化了，甚至我们已经意识不到它们的存在，它们已经不是我们关注的对象……这时我们就要上路了。

正像秀彬说的：家与远方、家与世界成为有张力的两极。我把家看作是自我的一部分，家与远方和世界之间的张力，就是自我与远方和世界之间的张力。

在我的心目中，我与远方和世界之间的关系，与宇宙大爆炸的模型很相似，我是最初的原点，我的世界不断膨胀……总之，我与远方，家与世界是人生永恒的主题。

秀彬写书，文章短小，文字精悍，如水银泻地：当行则行，当止则止。读秀彬的文字，我总有一种“海面冰山”的感觉：露出的少，深藏的多。

建构一个观点，他亦不过千把字就见功效。有些问题过去一直困惑我，秀彬一篇千字文，就解释清楚，如：“暧昧的地理学”及“为什么没有年轻的地理学家”。

看秀彬的书，你得佩服他的阅读之丰富。他的阅读之广、跨越之大，你在他书里的引用中随时可以感受到。他在书中引用地理学家著作中的文字是顺理成章的事，因为这是他的专业；你在他的书中，可以用最短的时间，读到一些著名地理学家的精彩观点。如美国地理学家协会前主席莫里尔教授对家和城市，还有全球连锁的酒店、超市出现的原因的解释——是两种梦想的结果：一种梦想是希望得到的东西都聚在同一个地方，于是有了家和城；

一种梦想是无论走到哪里，都能得到所有想要的东西，于是有了星级酒店和超市。

行为地理学家关于向别人描述一个地方位置的诀窍：地标 + 方向。

加拿大地理学家雷尔夫创造的一个“非地儿”的概念——没有特色、没有含义甚至没有地点的地方：超市、机场、码头、高速路……

但秀彬在他的书中引用更多的是一些哲学家和文学家的著作。这与掉书袋完全不同，他的引用好似苗生土里，藤缠树上，总是那么恰到好处。观点论据，交相辉映。他在文中引用一些小说、诗歌、电影中出现的文字、情景，来佐证和解释他的一些观点。这些信手拈来的引用，看似轻松，实则艰巨。记得作家周作人曾经说过，摘书比写书难，说的就是这个意思。摘书要从大量的书中找到适合自己用的东西，当然不易。除此之外，秀彬摘书，除了佐证和拓展自己的观点外，有些话题本来就是由阅读这些书激发出来的。在一篇谈才子的一千多字的短文中，竟引用了文学家王蒙、张承志，还请出了法国思想家列斐伏尔和美国地理学家哈维。其实这篇文章难在从这些人的著作中，凝炼出这样一个话题。所谓才子也，大多是比常人多几个人生的世界，或者说多几个圈子，用地理学的话说，就是多几个精神和社会空间。文章最后一句话令我印象深刻：“人与人的这种空间关系也许是阶级关系的一个具体表现形式？”此问之前，文章这样写道：“金融房地产……出了那么多才华横溢的才子才女！有的商、文、戏三栖；有的写博客，写成了经济学家；更有的连本业本行都不怎么谈不怎么管，摄影登山做广告，潇洒天地……普通百姓就没那么幸运了，圈子小且圈子少。……产业工人可能最为悲惨，因为重复劳动就意味着压缩空间。”

看完此文，我不由得感慨：地理学家认识问题的角度确实独特。看待人类的不平等，也从空间的角度切入：人类的不平等，不仅仅是金钱、财产上的不平等，更深刻的是空间的不平等。

我得打住了，一篇序言竟然写得比主人书中任何一篇文章都长，有些过了。就写到此，算是抛砖引玉吧。

家 园

生在哪儿，一半儿就埋在那儿了。

家居天地间

一、家与世界

人是风筝。出发的地儿是家，越飞越高时那越来越大的视野是世界。

“普天之下，莫非王土”，说到底，那不过是皇帝的梦。世界与家总有个界限，而对蜗居于城市中的我们来讲，那界限就是窗户，也包括电视屏幕打开的那一扇。

世界是我知道，家是我拥有。

对拥有的东西可以支配，对知道的东西只可以欣赏。

支配的权力常常与责任相伴而生。因而，家是责任，世界是新闻。

家也是随着世界的拓展而长大的东西。当我们暂住他乡，本乡就成了家，家是故乡；当我们寄居异国，故国就成了家，家是祖国。

如今流行着一个说法：地球是全人类的家。于是气候变暖、臭氧层变薄等全球性问题成了“家事”，控制温室气体排放成了全人类对这个“家”的责任。

二、人地关系

哲学家海德格尔说，从时间角度讲，人的存在本质上是向着死亡的操劳；而在空间上，栖居于大地是人的存在方式。栖居的本质由筑造揭示。人们经由筑造与天、与地、与自然照面，而所筑造者乃是家。地理学把人与地的关系作为核心的关怀，地理学家萨克（Robert Sack）认为，家才是这门学问最要紧的概念。心中对家的认识指引着人们如何在大自然中筑造和栖居。看看不同的人们如何认识家，也许对人地关系看得更清晰。

当我向蒙古族地理学者海山教授问起牧人心中家的概念时，他没有像惯常那样给出学院式的定义，而是描绘了一幕诗意的场景作为回答：

大草原上的清晨，迎面相遇的两个牧人互致问候：

“夜里歇在哪儿了？”

“家里。”

“大家还是小家？”

“……”

“小家”当然是蒙古包，而“大家”指的是牧人的草原。我简直不敢相信：难道在牧人的语汇里，这两个地儿不特指就会混淆吗？不过，另一段发生在草原上的故事却让我对海山的这个解释深信不疑。

朋友特木尔的儿子斯斯生长在大城市，暑假随父亲回到正蓝旗草原上的老家。玩土是每个小孩子都喜欢的游戏，然而斯斯挖掉的一小片草皮却给父亲招来了一顿训斥。“孩子不懂事，难道你这个草原的儿子也不懂吗？难道一离开草原就什么都忘了么！”爷爷真的动了气。特木尔说，为这事儿，老人竟整整一天没有答理他。在草原上动土，牧人们是十分慎重的。过去，每当转移营盘拆掉蒙古包时，地上留下的小小橛坑都会被认真地填埋好，甚至恭恭敬敬地浇灌上牛奶，企望来年被挖过的地方恢复如初。

三、离弃大地

解释人地关系的历史，地理学家段义孚（Yi-Fu Tuan）用的概念是“逃避”。看看我们现代化的家：屋顶和四壁难道不是为逃避风雨吗？空调和冰箱难道不是为逃避冷暖吗？电话和电视难道不是为逃避距离吗？哪一样不是对自然的逃避呢？

逃避之中，家正离弃着大地。对于大自然的直接胁迫和惠泽，我们在生活中的感受越来越少。胁迫或诱惑我们的，抽象为货币。日常生活中，我们不再筑造，筑造我们栖居之所的是货币。要紧的是，我们知道货币筑造的居所是如何改造自然的吗？我们还像祖先那样，知道家中的饮水、食物、木材以及能源来自何方吗？知道这些商品的生产对远方的大地造成什么影响吗？既然对自然的改变没有了直接的感受，我们又如何认清自己行为的后果，会否去负起相应的责任呢？

家与自然的联系不再是常识，而变成学院里的理论和书本上的知识。一切都成了间接。劳作的快乐寄托给了货币；居所的功能只剩下了空间；生活的感受失去了真实。

海德格尔所说的“诗意地栖居”，乃是“人性地栖居于大地之上”，而人性崇尚真、善、美。家离弃了大地，善和本真去人心渐远。生活于现代都市的人们相比于以草原为家的牧人，究竟谁是在诗意地栖居呢？

原载《中国国家地理》，2004年第2期。

脑海中的地图

地理学是研究什么的？作为地理学者，这个问题经常被朋友们问起。在这里，笔者姑且断言，每个答案都肯定“一言难尽”。著名地理学家段义孚的回答最为幽默。他没有直接解释，而是谈为什么选择地理研究作为自己的终身职业。他说：那是从小就害怕迷路的缘故。迷路的感觉如同进入一个漆黑的未知世界，而无知是恐惧之源。只有地理学家永远不会迷路，因为他们总有一张地图，不是装在衣袋里，就是刻在大脑中。

无疑，我们随时都要知道自己在哪儿。脑袋里不问这个问题时，肯定是在睡眠中；对这个问题回答不清时，肯定是迷路了。迷路不只是恐怖的，向前走的每一步，都是没有意义的，那不是正常的生活状态。生活失去方向感，便失去了目的。同样，当我们到了一个新的地儿，肯定要了解这个地儿有什么，没什么，还想知道周围有什么，没什么。否则，我们心里不安。当与别人交流这些知识的时候，我们谈论的其实就是地理。

人的生存，有几个层次的需求。地理是第几层次的需求？回答这个问题，是哲学家的事儿。但可以肯定的是，地理起码是人的基本需求之一。通信发达了，世界上发生的大事一件接着一件。消息进入我们的耳朵后，我们先问：何时何地？看来，地理是前提。我们的存在，是在一个确定的地儿的存在；我们思考，离不开大脑中的一张由若干的地儿织成的网。听许多地理学者讲，他们在听到世界上发生的事情时，总是立即把它放在那张网里。其实，你我谁又不是呢？说到底，人是地理动物。换句话说，我们绝不是因为上了地理课，才有了地理知识和地理能力的。

那么，这张网有多大呢？这又是因人而异的。婴儿的网，只有他的小床和床边的父母；上了学，家、学校、超市、动物园——网上的节点在增多，世界在扩大。世界因为直接的经验而扩大，世界也因为间接的经验或知识而扩大。那经验的对象是一个个的“地儿”，那扩大的网是空间。

空间是野，地儿是家。家是人们来到世上后第一个处所，人们对家中各处最熟悉。走出家门，便用概念定义了周围的环境——“地儿”有了“含义”，于是它们与家一样熟悉。段义孚说：

地理学是研究作为人类之家的地球的学问。对于地壳以下或对流层以上的空间，地理学家不那么关心，因为那里离家太远；地理学家也不怎么关心第四纪以前的事情，因为那时人还不成其为人。地理学者要探究人是如何把大自然改造为家的，这种改造又如何反过来左右人的行为的。

地儿的含义，是在人心中的。不记得是哪位哲人说过，生在哪儿，一半儿就埋在那儿了。“家乡的小河”，“留住我的根”，有多少这样的歌词不时撩弄着你心中的那块软肉？对家乡的情愫，是刻在灵魂中的。那种情愫，是带着温度的。而最温暖的地儿，当然是家。家在人心中的地位，绝不同于其他的什么地儿。段义孚说：在人的心灵中，地儿是安慰，空间是自由。地儿让人留恋，空间让人憧憬。我们守着两者中的某一方，神往着另一方。为什么呢？因为地儿虽然是安慰，同时也意味着束缚。东北平原，不能说不富庶，然而有多少人发出“一辈子也走不出大平原”的抱怨。空间虽然给我们以自由，但同时也意味着茫然和不安。“外面的世界很精彩，外面的世界很无奈。”世世代代，在人们的心底又涌出了多少首这样的游子吟！

游魂无常。它徘徊于空间与地儿、世界与祖国、天下与家乡，以及社会与家之间。然而，无论你喜欢不喜欢自由，都不会拒绝成长。而成长的一个标志，是内心中的“世界”的扩张。人沿着若干个维在成长，地理是其中之一。古人劝学，曰：读万卷书，行万里路。学子矢志苦修，“读书破万卷”，理所当然。然而，凭什么还要“行万里路”呢？这一点，以前我一直弄不明白。读了段义孚之后，才豁然开朗：自我的扩张，离不开那个“地理我”的成长。

人心包容天地。但需要经验和修养。通信在进步，世界在变小，每个“地理我”都在膨胀。福耶？祸耶？曰：于恶者，祸也，皆因“胆大包天”；于善者，福也，皆因“胸怀全球”。胸怀全球，是一种境界，我们更习惯的词语是“国际主义”吧。那种境界，像是从必然王国来到自由王国，像是居高临下的一瞥，油然而生的是信心。

当然，心理空间的拓展不只是地理的。比如，接触到一种崭新的思想，也如同开拓一片天地。读段义孚的书，你会有这种感觉。《恋地情结》(*Topophilia*)、《空间与地儿》(*Space and Place*)、《天下与炕头》(*Cosmos and Hearth*)，还有《逃避主义》(*Escapism*)。这些著作的影响不只限于地理学，还远至于哲学、心理、建筑、园艺、文学、戏剧甚至电影。因为这是一门关于心灵的学问。

原载《中国国家地理》，2002年第9期。

说“地儿”

越是习以为常的字眼儿，含义越丰富。学过英文的人都会发现，像 make、take、put、get 这些词儿，在字典里占用的篇幅比那些冷僻的词汇大得多。place 就是这样一个字眼儿。

这个词儿在地理学的词典里，都叫作“地方”。汉语里的“地方”至少有两个含义：一个是与“中央”相对的那个概念；另一个指“某一区域，或空间的某一部位”。商务版《现代汉语词典》，针对第二个含义，在“地方”两字后边加了一个“儿”字——“地方儿”。北京话则把“方”字去掉，就叫个“地儿”。

“地儿”可以很小。搬进新的办公楼，同事介绍说：这里是办公的地儿，那里是会客的地儿。“地儿”也可以很大。我们经常议论：上海那地儿如何如何，广东那地儿如何如何。看来，小到地点、街道、村庄，大到都市、区域、地域，都可以称作“地儿”。

然而，“地儿”还有另外一个含义——空间的一部分。“房间里摆满了东西，没多余的地儿。”本文谈的“地儿”，是要抛开这层含义。不过，要想说清楚究竟什么是“地儿”，却离不开“空间”这个概念。因为无论边界清不清楚，“地儿”都有着大致的空间范围；无论存不存在一个中心，“地儿”都处在一定的空间位置上。

那么，可否舍弃“地儿”这个概念，以“空间”或“区位”来取代呢？比方说，将“9·11事件”叙述为“位于西经73度57分、北纬40度46分的两座417米高的大楼被恐怖分子劫持的飞机撞毁”。显然，这样说，故事就变了味儿。看来，“纽约”和“世贸中心”这些地名是不能省略也是不能替代的。不然，故事没了背景。“地儿”有名称。当某一个地名钻进我们的耳朵，那个地儿的标志性景观、我们对它的体验甚至感情上的好恶就一股脑涌现在脑海中。但空间不过是一张网，少了那些含义各不相同的“地儿”，这张网就没有中心、没有节点、没有边界、没有内容。

空间是有序的，但是过于抽象因而远离生活；地儿是杂乱的，但是比较具体因而贴近生活。我们在生活中汇集着关于地儿的经验。这些经验直接地来自于经历和体验，也间接地来自于书本、来自于传说、来自于与他人的交流。我们不得不这样做，因为生活无时无刻不受着地儿的左右：有些地儿不能随便前往，而到了不同的地儿还要相应地调整自己的行为。我们有时候执着地这样做，因为我们闷了烦了没有办法了想逃避旧地儿开拓拥抱新地儿。我们甚至下意识地这样做，因为那是我们的本性——“人”不只是动物的人和社会的人，还是地理的人。

我们被地儿左右，同时也改变着甚至塑造着地儿。我们改变着地儿的自然属性：人类战天斗地的力量已经足以与风、水甚至地震这样的自然力相比拟；我们改变着地儿的社会属性：地儿的功能越来越单一——守着一个地儿我们不再自足，因而我们越来越频繁地奔走（如果不是流浪）；我们改变着所有这些因而也改变着脑海里、心灵中关于地儿和空间的感受。

我们把“坚土人刚、弱土人肥”之类的环境决定论视为偏见。然而无论年龄有多长视野有多宽，我们的意识却怎么也摆脱不掉偏见的驱使。前一段时间“河南人”成了贬义词，人们不明白为什么把某些人的品性强加给一个地儿。然而我们有没有问过：为什么在见到不熟悉的人时，我们自自然然地先问府上是哪里？另一方面，为什么作家们对山川河流的拟人化和心灵对白式的描写那样打动人呢？我们与“地儿”的关系怎么就成了我与“她”（而不是“它”）的关系甚至人与“地儿”不分彼此了呢？

“地儿”是这样一个值得推敲的字眼儿。

在哲学家看来，地儿是“我”的延伸。

在史学家看来，地儿凝结记忆，沉淀历史。

在美学家看来，地儿是心灵对自然的感悟。

在心理学家看来，地儿是经验的场景，是意识的载体。

在城市规划师看来，地儿是让“石屎森林”透出来的那一丝“家园”的感觉。

然而说到底，假如世界上大大小小的地儿不存在任何差别，我们的语汇里就没有必要出现“地儿”这个词儿。不管地理学家怎么说，在大众眼里，地理学是关于这些大大小小形形色色的地儿的学问。就像时间有历史学，地儿有地理学。

地儿，一个带着儿化韵的词儿，作为学术术语好像不够严肃。要我看，也许正是因为带着儿化韵，才抹去了理论的灰色，涂上一层人文关怀。

原载《中国国家地理》，2003年第12期。

诗意时空

时间是个箭头，拖着历史的尾巴，但永远毅然决然地向着未来；空间是众多地方构成的网，网不尽的大千世界，纷繁杂异，四面八方。因此爱德华·凯西说：时间是一，空间是二。至少是二。

相对于刚性的时间，空间显得温和：时间的早与晚、始与终都是不可扭转的，是宿命的；而空间的远近、内外、这里那里、此地他方等等都是辩证的暧昧的甚至多面的。于是福柯说：时间是男性的，而空间是女性的。

更为本质的差异可能是：时间无情，而空间有意。

焦虑和操劳是终有一死者生活在时间中的宿命，而逗留和居住乃是到世间一游者空间存在的本质——海德格尔如此参悟时空。

按巴什拉的理解：安居或至少逗留，然后梦才展开翅膀。

而梦想，那是诗意人性的源泉。

于是，荷尔德林在诗中唱道：人，诗意地栖居在大地之上……

对，用不着再琢磨栖居与艺术的关系。生活中的诗意与时间上的忙碌无关，倒是源于心灵在物上的逗留。劳作中的人直起腰仰望蓝天憧憬远方的一刹那，正是胸中诗意涌现的时刻。

逗留总是系着一个处所——空间中一个个实实在在的地方儿，那里被人们亲切地称作家园，在那里梦想得以出发。

可悲的是，我们越来越多地谈起空间，却越来越强地感觉到始终生活在时间中。

忙忙碌碌的成人们，早已没有逗留的勇气。诗意也很少陪伴儿童，因为他们被过早地从遐想中拽出来，感受过去和未来对当下的压迫，无暇仰望星空。

只有沉浸在电脑游戏中，可以暂时忘却时间。然而，在深度的沉浸和极度的快乐时，空间和地方也必然被一同遗忘。

没有了天空和大地的时空，还有没有梦想，有没有诗？

基因寻根

小孩子开始关心自己是从哪里来的，这可能是人生下来后问的第一个哲学问题。为什么说是哲学问题呢？因为经得住反复追问。倒不是问题得不到解答，是因为答案往往语焉不详。可越是这样就越抓人。于是最后就生出了幽幽的怀古之情。

据说彝人亡故，灵魂都寄希望于回归到祖灵之地。那是祖先发源的地方，被认为是人最终的理想归宿。因此送灵仪式上要念《指路经》，仔细告诉灵魂，返回祖地要经过哪些山山水水，免得迷路蹉跎。想那仪式必定气氛肃穆，亲朋好友诚送之心，沿着经师指点的路线，缓缓地飞向时空都很遥远的祖地。世上怀古思源之情，其幽深莫过于此了。

彝人靠唱诗延续民族对于根源的记忆，汉人靠族谱记录血脉的延伸，寻根怀古多少有一些依托。可是有些民族，虽少有这般痕迹所凭，怀古溯源之情依然切切。20世纪80年代起，日本掀起了一股“云南热”，源于日本人类学者提出的“倭人起源于云南”的假说。据说1938年和1943年，希特勒曾前后派出两支探险队，登上青藏高原，寻找日耳曼民族的祖先。

寻根的目的，无论个人还是民族，都未免有攀龙附凤的嫌疑。于是有人说：关心“我从哪里来”，根本上还是由于关心“我是谁”。“我是谁”的问题同样值得反复追问，而结论永远不会确定不移。总之，古往今来，南北西东，问祖寻根，情结恒浓。

美国有个埃利斯岛，可比中国的“洪洞大槐树”。1892—1924年，那里作为美国移民口岸，迎接了2200万外国移民，因此在埃利斯岛当时政府的文件当中，存有大量的移民记录。2001年4月，美国家庭移民历史中心网站将纽约埃利斯岛当时的政府移民记录搬上网，那些渴望寻根的美国人像潮水般涌向该网站，并以每秒2.7万次的点击率成为互联网历史上上网率最高的网站。

难怪谷歌想把历史上所有的印刷品全部搬到网上，据说已经扫描了美国各大报刊300年来的内容。吸引谷歌的，显然是其中蕴藏的巨大商机。

蕴藏着巨大商机的，还有一个科研成果，来自另一种当今最先进的科学技术——基因测序。英国《自然》杂志报道：美国和

基因寻根

荷兰的科学家进行的最新研究表明，一个人的基因组信息足以揭示其地理起源。利用这一技术寻根，精确度会在500千米以内。未来如果标出单个村庄特有的基因变异，就会更精确地划定祖地的地理坐标。

看来总有一天，基因技术会让问祖寻根变得轻而易举。

不过，凡事由深变浅、由难变易之后，往往也会在人的心里由重变轻。科学技术终结哲学，也许又会多一个例证。

无形的家园

中环的区位，相当于北京的天安门广场。可后者只是政治中心，中环除了是香港的政治中心外，还是金融中心。不过，那是在工作日。在周末，中环却是菲佣的世界。从汇丰银行大厦底层到皇后像广场，几乎看不到其他人，只见菲佣。她们或站或坐，或唱歌，或聊天，或品尝美食，或研读《圣经》。看得出，中环这块地方，是她们的乐园。30多年前，菲佣开始进入香港的保姆市场，现在已经发展到15万人，成为当地人数最多的外来族群。她们早已成为香港人生活的一部分，可是在文化和社交上并未融入香港社会——她们只是在这里工作，她们的故乡在遥远的菲律宾。而周末假日里的中环，是她们临时性的家园。

最近出版的一部小说《无土时代》中，描述了到木城打工的一群草儿洼的村民。像香港的菲佣一样，他们是木城的漂族。但他们比菲佣要顽固，利用一处准备拆迁却又因故拖延的废弃街区，硬是在木城开辟出一片只属于他们自己的“家园”来。这让人想起了唐人街，尽管是异域的一块块飞地，但绝不是临时性的，那是“永久的”家园。究竟世界各地有多少处唐人街？据说难以统计，不过有一个说法：在海外，凡是有华人的地方，就有唐人街。

无论是临时的还是固定的，漂族的家园总让人感觉有些异类。不然，中环的聚会和各国的唐人街就不会成为当地的旅游项目。其实更异类的，是“空中”的家园——网络社区——论坛、贴吧、即时聊。那里近便、放松、安全，有着全部“家园”的本质属性。远在美国东海岸的亲戚，天天用即时聊与北京的家人通话，而美国那边的电脑视频中，正播放着电视剧《狼毒花》。像华人的唐人街和菲佣的中环一样，尽管不在有水有土的家乡，可数字网络空间至少也是一个绝对属于自己的空间。

其实，这样的家园也不只存在于赛博空间，最早的媒体要属报纸和出版。据说，香港的菲佣就有专属她们的杂志，维系着自己的网络部落、自己的圈子。而塑造这样的家园，当今最牛的媒体，恐怕还是电视——一种最无根的玩意儿。内蒙古电视台是在呼和浩特吗？可它的财经节目在北京制作。湖南卫视在长沙吗？它的超女选秀在全国设擂全国播出。凤凰卫视也许是最无地域色彩最无根的，面向全球华人族群。它是香港的电视台吗？不知道。查公司地址，其注册地为拉丁美洲一个名叫开曼群岛的地方，可以说是公众视野中的“无处”。而且从一开始，它的口号就是向现实空间宣战——“拉近全球华人距离”。

我们的存在首先是在一个确定的地方儿的存在——这是海德格尔当年的哲思，被地理学家认为是地理思维的哲学基础；一个民族的存在是在一个确定的疆域的存在——这可不是什么学者的饶舌，而是历史和现实用鲜血和生命镂刻的铁律和信条。那么，随着信息化全球化的蔓延和渗透，人数越来越众的漂族将如何建构家园呢？也许，如今有了族群传播和网络社区，漂族，是否因此就有了更为近便的心灵港湾或者精神家园，而在现实空间中设置的隔离，会越来越少呢？

也许根本没有答案。不过，商业的和数字网络的社会，同时存在着另一种力量，把人向其他的方向拉扯。奥运开始了[①]，眼下电视上正在反复播放一条广告：“我是 VISA 持卡人，我支持奥运。”——这句话由明星和普通得跟你我没什么两样的消费者（同一个家园里的姐妹）不断地重复。可以想象，类似的广告词还可

---

① 本文写作时间为 2008 年 8 月。

能是："我是周杰伦的粉丝"，或者"我是NBA爱好者"，或者"我是游艇俱乐部的会员"！

这些话当然不能算效忠性的表达，最多是在强化着一种归属感。不，不是一种，是"种种"归属感。然而这种种，谁知道最终会不会把包括有根族在内的所有人都推向无家可归的状态呢。

漂族代表未来？

根据对土地或地方的依赖关系，可以把人分为两类：有根族与无根族。

农民肯定是最典型的有根族了，土地是农民的生存之本么。农业社会安土重迁，童安格的歌曲《把根留住》，大概就是从农村一路唱出来的——在那里，人生最为悲惨的境遇莫过于背井离乡和寄人篱下。商人可能是最典型的无根族了，因为贸易是他们的衣食之源。即使是在本地，贸易也必然是货物在空间中的流动。因此商人注定要随着他们货物，追逐着市场，居无定所，四海为家。

你可能会说：什么工业社会信息社会，统统脱胎于农业社会。尤其在中国，上溯不过一两代，都是农民。因此不存在无根族，对于那些不再扎根于土地的行当中人，还是用当下流行的名称更合适——“漂族”。

托马斯·弗里德曼的书《世界是平的》，描述了正在进行时的全球化。给人的印象是：全球化是一个制造漂族的运动。他说："外包让企业可以在成本最低、效率最高的市场进行生产，然后在利润最丰厚的市场完成销售。"因而资本的目的就是消除阻碍它在空间中自由流动的一切障碍，"信息技术的发展让企业将低效和摩擦排除在市场和经营之外"。这就是"平"的含义。企业最好是无根的漂浮的企业，因为越是无根无归属，阻碍其经营的摩擦就越小。而这一切的原因在于："管理层、股东和投资者大多对利润的出处并不关心。"

没错，物质决定意识，经济基础决定上层建筑。企业家不执着于某项具体的技术，市场需求才是最重要的；资本家不执着于某项具体的事业，利润才是唯一的目的。从农民到金融资本家，经营的对象从粮食到货币，最后到符号，是从具象到抽象的变化。被抽离出去的东西很多，其中就包括地理区位和空间。

在弗里德曼那里，政治家不像资本家那样潇洒，可以"胸怀天下兼济四方"，因为他们是"居民"选出来的，要为地方负责："政治家们迫于压力不得不设法增加本地就业。"于是政治家可能是阻碍世界变平的最大的一股力量。政治家之外，还有"一些有特色的地方社团"，也包括宗教和非政府组织。当然，服务于这些团体的大多数人，被称为政治家也不能说不恰当。

按弗氏的逻辑：资本家是漂族，而政治家不然；工人（指无产者）是漂族，而农民不然；跨国公司是漂族，而民族国家不然。

弗里德曼所描述的全球化，《共产党宣言》中早就预测到了。《宣言》中有一句话："工人没有祖国。"意思是大工业剥夺了无产者的全部民族性，使他们被迫沦为漂族。

据传，拿破仑也说过一句话：金钱没有祖国，金融家不知道何为爱国和高尚。

但与工人的被动不同，金融资本家却是自愿的。不，严格地说：真正主动的是抽象意义上的资产阶级，或者从根本上说就是"资本"。如果说资本注定在这个时代居统治地位，而全球化是宿命的，那么世界早晚是漂族的世界。

不过拿破仑这话显然是对金融家的道德损贬。说到这儿，就把话题引到了对于漂族的道德伦理评判上。

我们习惯于把激进的描述为"左"派的或革命的，把保守的描述为右派的或反动的。总之，前者是正面的，后者是反面的。

当然，区分正反面，要看裁判员的站位。有趣的是，假如以生产力的解放作为标准，拿破仑所诅咒的金融资本家却位列左边。

斩断了根的漂族资本家真的是革命派吗？呼吁在全球化中保

持地方特色的有良心的恋土爱乡的有根族是反动派吗？

资本和技术在全球化中对地理障碍的摆脱和清除，是对人对生产力的一种救赎或解放吗？

领地意识疆域意识地方意识地理意识是反动的保守的意识形态吗？

远 方

想象的空间才有深度；

神秘的地域才有魅力；

梦中的地方才有诗意。

何处安顿心灵？

人心浮躁，于是心灵需要安顿。然而，何处可以安顿心灵呢？

顾长卫的电影《立春》，也许发生在包头，也许发生在大同。对于主人公王彩玲来讲，这种地方性的小城，根本安顿不下那颗追求纯粹艺术的心灵。与理想生活格格不入的，是周边的庸俗民风，摆脱那个地方的愿望如此强烈，以致主观上不屑于在这种城市发生爱情。

据说王彩玲是个真实的人物。其实她长得不一定那么丑，生活的那个城市，民风也不一定有那么土那么庸俗。那都是电影的夸张，纯粹为了渲染理想与现实的张力。给一个心灵不得安顿的理由而已。能让王彩玲的心灵安顿的，只有北京，当然巴黎更好。影片中有个镜头，是主人公带着行李凝视天安门时的背影。那个画面，定格了什么才叫憧憬。

像所有悲剧一样，王彩玲终究没能实现她的愿望。然而，与心中的乌托邦破灭相比，这还算是悲剧吗？当然，影片没有明确告诉观众的是：王彩玲究竟是死了那颗心，抑或是缩回到早已变得陌生的乡下老家后，登上了另一个彼岸，心灵因而得到了安顿呢？

海德格尔说，从空间中的存在来讲，我们首先从来都不在这里，而是在那里，在别处；巴什拉更明确地说，过往的和他方的总是比此时此地来得有力量。好像是说，把心灵寄托给远方，根本就不需要理由。

影片中王彩玲的一句话，也许才真正道出了根源："每当春天来临的时候，我总期待着会发生一些什么。"——那是还活着的人都会怀揣着的一样东西，叫作梦想。

而梦想总要飘向乌托邦。

熟悉的地方没有风景

缺什么想什么。虽说是大白话，但揭示了真理。如果说人对于地方儿，对于这里那里，对于此地他方也有情愫的话，遵循的也不外是这么个理儿。当然说到这儿，还有专门的俗语——熟悉的地方没有风景，或者“距离产生美”。

不错，“月是故乡明”，然而那却是游子离乡后的感叹。作家莫小米说得好：“老家是最初的摇篮，又是最终的归宿。是一种挣脱又是一种牵扯，是被祝福又是被等待，是最能唤起愁绪，又最能平顺心情的地方。我们总是既爱它又嫌它，既依恋它又不满意它，没回时远远地牵挂它，回了没几天便忍无可忍急急地离开它。”看来，只有成为远方后故乡才进入美好的梦乡。

地方儿凝结记忆，地方儿沉淀历史，地方儿还寄托愿望和憧憬，尤其是在我们想逃避的时候。逃避得越急，寄托越强烈。比

如边塞悲歌故乡之恋，比如说八九十年代的美国梦。

在这些情绪中，彼岸无论是曾经熟谙抑或始终陌生，都往往被夸大：它已经不是一个普普通通的地儿，而变成愿望的载体，或干脆就是愿望本身，变成了一个概念或者符号。用历史学者罗志田的话说：任何时空之中，总是给人以希望更多的地方，代表着希望本身。

当然，此岸的束缚愈强，彼岸的憧憬愈烈。正如北岛在诗中所表达的：

我要到对岸去
河水涂改着天空的颜色
也涂改着我
我在流动
我的影子站在岸边
像一颗被雷电烧焦的树

甚至关于死，我们不愿说那是“消亡”或者“终结”，那是去另一个“地儿”。为了那个地方更美好，我们宁愿把此岸描述成地狱。

熟悉的地方没有风景

作家许达然说：“远方有海，有山与林，远方总是飘扬着你的梦。”不错，憧憬飘在梦中，而在梦想的地图上，憧憬总是指向远方。远方有世外桃源，更远的远方还有天堂。

就我们的存在来讲，正如时间上的重心不是当下而是未来，空间上的重心也不是此地而是别处，不在足下而在远方。海德格尔这么说。关于心灵的地理学，哲学家所言也许是第一定律？

想象的空间才有深度

世界上哪里最深？是贝加尔湖吗？是马里亚纳海沟吗？也许是，但感觉不到它"深"到什么程度，因为没有经历过。经历过的"深"，是悬崖边上的下望。腿酸心颤的时候，牙关紧咬着的一个字就是"深"。

没有经历过就体会不到吗？不一定。《西游记》里，讲到美猴王荣归故里，练就一身神功，无奈缺少一件得心应手的兵器。花果山群猴中的老者献言道："我们这铁板桥下，水通东海龙宫。大王若肯下去，寻着老龙王，问他要件甚么兵器，却不趁心？"悟空闻言甚喜道："等我去来。"好猴王，跳至桥头，使一个闭水法，捻着诀，扑的钻入波中，分开水路，径入东洋海底。

——看罢这一幕，恐怕没有哪颗童心不会丈量出那桥下河水的深度。

“桃花潭水深千尺，不及汪伦送我情。”看来，在李白的心里，潭水是“深”的尺度。

如果给潭水加上色调——“寒潭”，则更显深幽。再深的呢，视力所及，不见轮廓。因此我们说“夜色如墨，深不见底”。看来，最深的是黑暗和虚无。因为黑暗和虚无是恐惧也是一切秘密的源头。

假如是月夜，假如是白天，假如一切都明了，还有深度吗？这让人想起了郭沫若早期的一首诗《地震》：

地球是复活了！
一切的存在都在动摇！
但是只有一瞬时，
又归沉静了。

摇动后的沉静，
死灭一般的沉静，
阳光在向着儿们微笑，
向着惊骇了的儿们微笑。

回想起我的幼年，

母亲说是鳌鱼眨眼；
地底果有鳌鱼吗？
我幼时的心眼中是曾看见。

如今是鳌鱼死了；
我知道地在空中盘旋，
我知道是由地陷或是火山，
但我何曾更见聪明半点？

地底果有鳌鱼吗？我幼时的心眼中是曾看见——幼时，那是懵懂无知的童年，眼望星空的童年，兴趣无边的童年。而所有的趣味，都源于尚未被“解决了”的想象力。

理性的知识给了我们力量，但也让一切变得浅显。对于不知道的，没有客观的尺度去衡量，却为想象打开了无限的空间，成就了梦境的深度。

没有海船的文明中梦是干涸的

到了哪儿都像到了家。

似曾相识的机场，熟悉的超市，一模一样的快餐店和咖啡屋……远赴异乡的青年学子在电话中跟牵肠挂肚的老爸老妈说：一点儿也没有陌生的感觉，一切都是那么亲切，一切都是那么方便。

到了哪儿都好像没走多远。

怎么到处都是一个模样的街道和建筑，怎么哪里都是那千篇一律的广告牌和耳熟能详的广告词……迢迢千里兴致勃勃而来的游客发出一连串的抱怨。

作家龙应台概括得很好："客舍似家家似寄。"

经济的全球化，带来了景观的趋同。景观是个地理词汇。在人文地理辞典中，"全球化"最早叫作"去地方化"。

哲学家福柯在1967年做过一个演讲，题为"不同的空间"。

七十年代加拿大多伦多大学地理系的雷尔夫（Relph）写了一本书，书名是《地方儿与去地方化》。两人都提出了一个有趣的概念，叫作“非地儿”或“无处”。指没有任何地理标记，没有地点的地方儿。这些地方儿在我们的生活中越来越多见。典型的非地儿是火车和轮船。当然，也有一些地方儿并非完全没有地理标记，但却只有功能没有含义缺少情调缺乏特色，可称为“去地方化”的地方儿，如机场、车站、高速路和超市。

地方儿总在人的心中有某种含义，甚至寄托着某种情愫，因而，老城改造老地方儿的消失以及景观的趋同化遭到普遍的批评。常常听到恋地和怀旧的人诅咒“去地方化”等于“去根”，而无根就等于没有厚重感，它让地方儿失去分量。因而呼唤着老城古镇老榕树老街坊，怀念着树一方风范传一方历史的地方老人。

肯定还有很多人更喜欢非地儿。龙应台就说过喜欢星巴克的熟面孔，因为在那儿根本用不着顾忌身处何方，哪怕是陌生的城市。在那儿你总能得到你所期待的。

不用顾忌身处何方，就好像“时间、地点、人物”三要素组成的故事缺少了一项，或者舞台上的戏剧缺少了场景，这种情况下角色显然摆脱了一重束缚，得到了一种轻松和自由。这可能是为什么年轻人更喜欢那些非地儿的缘故吧。

然而，“人如果割裂与根源的联系，会变得非常轻浮。”——法国秀荷市音乐学院院长阿兰·莎松说。贾平凹的小说《废都》中有句话——“睡在哪里都是睡在夜里”——说的显然就是这样一种状态。这句话在本来要指向空间时转向了时间，语言构造本身就揭示出了“去空间化”。睡在哪里？睡在无处，睡在梦中。如梦人生，没有那么多负担，远离空间和大地，不那么真切实在，也许就是米兰·昆德拉所谓的“不能承受的生命之轻”？

可见，浪漫不只属于恋地和怀旧，表面上总是同一副面孔的非地儿也许更浪漫。因为有些非地儿所承载的，是寄托到他方的梦想。因此福柯歌颂海船，他说：“在没有海船的文明中，梦是干涸的。”

富饶的边缘

有中心就有边缘。像其他描述空间的词汇一样，除了指示方位，边缘也有别的含义。

地理上用得更多的词是“边塞”、“边疆”。在老地图上，那是延伸不到的地方。“野营万里无城郭，雨雪纷纷连大漠。胡雁哀鸣夜夜飞，胡儿眼泪双双落。”无疑，边缘意味着遥远和孤寂。

边缘的感觉，也不一定是由于空间距离上的遥远——陶渊明说：心远地自偏。的确，边缘常常被用来描述生活状态，刻画社会空间和精神空间。比如“人在边缘”这样的说法，明显地含有抱怨。也确实有太多的理由让人抱怨：边缘寂寞；边缘是被遗忘的角落；在边缘没有归属感。发出这些感叹的不一定是流浪者和新移民。如今世界越来越大，中心越来越集中。我们当中，无论是漂族还是农民工，越是满怀热情奔着中心而来的，越是容易产

生那种边缘的异类的感觉。

当然，也有人，没有抱怨，反而享受并感激着边缘生活的恩赐。

艾丹自称是边缘人。他说：生活在边缘的人，会有个性化的认识，会有比较真的东西。徐刚显然同意这样的看法。他说：边缘状态总是酝酿着变化的状态，也是可以激活人的思想、情感的最佳状态。于求生和毁灭之间，不是麻木终了便是灵智闪烁。

而段义孚的学术经历，正说明边缘是个性和创新的温床。这位地理学大师，是在美国西南边境的荒漠小城开始其职业生涯的。他风趣地说，当时到新墨西哥大学地理系，他本人的到来使得系里的教员人数增加了一倍。两位教授的教学任务虽然繁重，但是由于远离学术竞争的中心，没有发表的压力。正是在那种没有压力的状态下，才使他有时间——不，是静下心来——做自己感兴趣的研究。当然，处在边缘的，还有他的研究对象——人文主义地理学，用他自己的话说，也“不在地理学的中心”（off-center in geography）。

然而，正如在地理上，边缘是某个中心的尽头，但也是各个中心的交界。因而，暧昧也是边缘的一层含义。于是，人们用“边缘”来描述那种走钢丝般的情感和生存状态。

学者福柯干脆到边缘处体验。难道大是大非大善大恶，非在边缘不能揭示?

好了，边缘处，应该多说点轻松的话题。在电影《世界大战》上映之际，斯皮尔伯格接受了美国《新闻周刊》的采访。记者问:“我们为什么要花钱进电影院惊吓自己？”答:“人类需要边缘体验，当导演或编剧把你领到边缘时，你好像跌入了一个梦境。不过在触地之前，你就会惊醒。”好一个讽刺。不过是从一个梦境到另一个梦境罢了。

然而无论如何，边缘帮助人体验“真实”，那正是现代人所陌生的。

因为遥远，边缘也意味着沉静和安详。于是，无论古代还是眼下，人们还不时地憧憬那逃避尘寰扰攘的桃花源。据说，美国开始流行“迷你退隐”（mini-retirements），以逃避那甩不掉的网络和令人焦虑的快节奏生活。

总之，边缘绝不是与中心简单的对立。一个中心对应着“不可数”的边缘，边缘注定了有更丰富的含义。这就是空间多样性的趣味。汪丁丁的话，也许可以用来做个总结。他说:“边缘”是相对于“主流”而言的，而真正丰富的生活是“主流”之外的生活。

不务正业成就才子

王蒙在他的自述《我的人生哲学》中，提出了若干条忠告。其中一条是：给自己创造不止一个世界。凭着这一窍门，即使是在“文革”那样的年代，作家的改造和牛棚生活也不那么单调和痛苦，而且还活出了价值——学了维吾尔语，时常做做翻译。

如果说多挖掘几个世界，对于王蒙来讲，多少有逃避的意思，那么张承志接触更多文化更多世界的理由，则更积极一些。从内蒙古草原到天山深处再到黄土高原，是要痛苦他人的痛苦，感动他人的感动，生活真正的生活。“可以说是我这个人不能在一个文化范畴里被限定，我注定是要接触更多的文化，把它们变成自己内心的参照体系。满足于狭窄生活的人不懂得：学会了或沾染了一种底层的、他人的、不是小圈子的、第三世界的声音、立场、感情，是多么宝贵。”

其实，开辟新的世界，对作家来讲，就是体验生活。每个人都拥有一个独特的世界。作品中有几个角色，就有几个世界。也许演员更有发言权，那个行当的趣味，就是能够体验他人的世界。

岂止是演员，普通人都拥有不止一个世界。这一点，法国学者列斐伏尔挖掘得最透彻，尽管他用的词是“空间”而不是“世界”。他提到三种空间：自然空间、精神空间、社会空间。后两者之所以也能称为“空间”，就是因为可以用“距离”、“中心”、“边缘”、“界限”等等刻画自然空间的语言来描述。社会空间的组织形式是圈子与行当。有趣的是，当今这个信息时代，电脑网络是拓展最快的空间，而社会空间在网上的名字，正是圈子。

在电脑网络搭建的虚拟空间中，参加个圈子容易得很，随便起个 ID，那个世界就任你驰骋。多少有些游戏的味道。而现实中的社会空间，经营你的 ID，钻入你那个行当的圈子，浇灌花花草草，提升你 ID 的星级，可能是一生的目标。虽然像行业协会、学术组织、校友会、联谊会、卡会等等，说白了也属于虚拟空间，但是在这些世界中的打拼，完全可与你死我活的战场比拟。更严肃的说法来自列斐伏尔。他说，社会空间从来就是生产关系的反映，在生产力与生产关系相互作用中变化，往往还是阶级斗争的产物。

也许王蒙的理由不够激动人心，然而还是他的说法更贴近现实中队伍越来越庞大的小资：多几个世界，就多几个避风港；多几片天地，会让生活更精彩；如果能够影、视、歌、网多栖，那就会有更多的粉丝。这成了志在提升ID星级的人的追求，是社会成功人士的得意之处，也是资产阶级的一种特权。

新加坡《海峡时报》上登过一篇文章，以动物进化的“交配优先选择律”来解释艺术家的魅力：为何雄孔雀长着显然很碍事的尾羽？雄狮为何长着中看不中用的鬃毛？进化论学者给出的答案是，它们正是通过这些东西的既无用却难得的属性，展示自己无与伦比的能力，提高对异性的吸引力。文章于是比拟说：“诗人、画家和歌手之所以有吸引力，是因为他们所从事的活动既无用又难以练就。活动越是不易，用处越少，活动当事人就越出色，其性吸引力就越大。”

其实，文章只说对了一半。按照王蒙的说法推论：人们羡慕才子，像唐伯虎和郭沫若，是因为他们能够横跨行当，比常人多了几个世界。所谓才华横溢，横溢就是满了收不住了，流到别的地方别的世界。列斐伏尔们可能有更深刻的理解：增加那些在本行看来既无用又有难度的本事，能创造出鹤立鸡群般的独特性。而独特性是消费价值是交换价值是垄断利润的源泉。

当然，突破边界开拓疆土，须有霸气有勇气，起码要有充分的自信才行。当今世界，最有信心的是谁？商界人士。而哪个行当最牛自信心最强呢？金融房地产。于是我们看到这些行业的大亨中出了那么多才华横溢的才子才女！有的商、文、戏三栖；有的写博客，写成了经济学家；更有的连本业本行都不怎么谈不怎么管，摄影登山做广告，潇洒天地。所谓大才不劳，令人艳羡。

学者呢？因了职业的特点，经常徜徉在新奇的世界中，让他们挤入特权者的行列。普通百姓就没那么幸运了，圈子小且圈子少。在列斐伏尔和哈维们看来，产业工人可能最悲惨，因为重复劳动就意味着压缩空间。

人与人的这种空间关系，也许是阶级关系的一个具体表现形式？

到节奏快的地方找寻世界中心的感觉

哥白尼：地球不是宇宙的中心，太阳才是。布鲁诺坚信哥白尼是对的，被活活烧死。

——看来，人类在不在宇宙中心，是要命的事情。

石介："夫天处乎上，地处乎下。居天地之中者曰中国，居天地之偏者曰四夷。"欧洲列强，虽然没有直接取名中央帝国的，但是从他们为其他地区的取名——近东、中东、远东，可以看出明显的欧洲中心主义。

——看来，既然自认为是上帝首选的"民族"，那么也肯定自认为居于世界中心。

大卫·哈维：美国宇航局的一张题为"地出"（earth rise）的照片，呈现出地球飘浮在太空中的景象。从这个角度看地球，除了陆地、海洋、云层、植被、沙漠等等呈现的界限外，地表并不存在任何特定的中心。非中心化的文化观念，开始流行。同时，人类也把注意力转移到自己的身体，身体成为一切事物的中心。

——看来不管怎样，总要把“自己”摆在中心。实在没办法，跟中心靠得近也行。再过几个月[①]，北京奥运村就成世界中心了。家住附近，来个亲戚朋友，总把这个挂在嘴边儿上，从心里到脸上洋溢着一种自豪感。

严健：无论在中国还是在美国，姚明不仅早已不是一个单纯的篮球运动员，甚至已经超越了“桥梁”，姚明更像一个挑夫，扁担一头挑着中国人越发强烈的民族自信，一头挑着休斯敦人的城市荣誉以及美国人对中国巨大的兴趣，无论扁担的哪一头，都有几亿双眼睛盯着姚明，姚明的肩膀哪怕轻轻晃一下，都会让扁担的两头同时发生巨大的“地震”。这就是作为世界中心的感觉，作为世界中心的责任，作为世界中心的代价，在享受称赞和满足虚荣心的同时，也会有各种各样公平或者不公平的非议和责难。

——看来，无论被爱着还是恨着，世界中心就是万人瞩目；或者，感觉所有的事情都围绕着这里发生。

陈冠中：决定以北京为家。因为“这里一切都在动，令人目

① 本文写作时间为 2008 年 3 月。

眩，喘不过气来。我喜欢这感觉。天旋地转的时候，人会以为自己是在世界的中心。”陈最后又加了一句：“头晕亦然。”

——看来，在中心的感觉就是热闹。而要获得强烈的“中心感”，就到节奏快变化快的地方去。

要论快，除了光就是风。于是，这些年一到夏天，就有越来越多的人参与“追风”——追击台风。也许就是想获得那样一种极度的中心感。

2007年8月19日的《新闻晚报》报道：今日凌晨4点，福建泉州惠安县崇武镇，海天酒店7楼的两个女服务员站在窗台前，透过漆黑的夜色远望。在她们前面几百米处就是宽阔的海洋，哗哗的海水撞击声不断传来。台风“圣帕”已在两小时前登陆，然而，这里还是很平静。对此，气象专家解释说，台风登陆的地方正是台风眼所处的位置，台风眼里反而没有风。

——看来转得快的，是围绕中心的。而被围绕着的，感觉上也可能是一片寂静和虚无。

当下不在场

“此时此地”，“此情此景”。只有特别想强调、想强化生活世界真实感的时候，我们才会用到这些词儿。可是随着信息技术的发展，它们也许会变成口头禅。

2014年初媒体报道的一个新闻事件，让人们听到了一个新词儿——遥在。身在俄罗斯的泄密者斯诺登（Edward Snowden）在温哥华召开的TED年度大会（技术、娱乐、设计大会）上“亮相”，进行了演讲，并与现场观众展开了交流。由于遭到美国政府通缉，斯诺登本人仍身处俄罗斯，但他通过电脑网络“遥在”一台机器设备，以这种形式参加了此次TED大会。

遥在技术可以帮助人们远程获取现场效果，不止包括听觉和视觉，还包括触觉、立体的动作和位置的变化等等。加上对“远程自我”——机器人——的操控，切实地感受和干预遥远的现场环境，参与现场交流，从而使“远程临场”的心理感受更加切近和真实。

然而，远程临场的人，“当下”又是什么状态呢？

如今手机普及。众人聚会，常出现这样的场景：某君对着手机喧哗，如处无人之境。众人愕视之，以为缺乏修养。其实，那是由于通话者身在此处而心在别处，在电波传过来的那一端，而在当下的此处缺席。自觉不存在所以无虑，所以放肆。这种状态可称作“当下不在场”。

当下不在场，是分裂的状态。所谓“身在曹营心在汉”。现在的信息技术使人身在曹营“音”在汉，甚至“形”也在汉。五官分裂，形神分裂，处境的时空分裂。

于是，这个时代最标准的表情是“出神”——头上挂着的耳机宣称：“我正在我不在的地方。”

出神无异于做梦，梦游异域。网络、游戏，活脱是福柯的所谓“异托邦”。在这些虚拟现实的空间中，可以持续地当下不在场。

当下不在场，也是一种不那么真实的状态，是否也因此产生不那么当真的态度呢？例如电邮、QQ、微信？

不敢妄言。但下一个目标可能是追求真实。道路呢？肯定是碎片化和分裂的反动。

毕竟，完整的才是真实的。

旅 途

旅途是成长的隐喻。

把烦恼丢在路上

曾经看过一部科幻片，描述经过基因重组的未来人，不再为记忆力差所困扰。这正是现代人梦寐以求的。然而，恰恰是不能遗忘，那些痛苦的经历和种种烦恼却牢牢地积蓄心中，驱之不去。重压之下，心力难支。从心理诊室外排队等候着的一双双忧郁的眼神，昭示着剧作者对现代人的忠告：遗忘也是造物主的恩赐，别不珍惜，它才是快乐的源泉。

遗忘使人快乐。那么，如何才能健忘呢？“提醒幸福”，笑口常开，是心理诊所开出的快餐药方。历史的长河荡涤尘埃，筛出的只有大道，凡人琐事，渺不足道，于是史学家开出的药方是：把一切扔给时间。融入群体，延伸自我，把国家、民族以至全人类的使命作为己任，自我意识消融于大海，个人烦恼还缘何为依呢！因而把“小我”变成“大我”，是哲学家开出的药方。地理学家的药方是：走出去，换个地儿，生命在于运动，快乐在于流浪。

也曾听说过一则笑话，言及梦游的荒唐极限。有梦游神的呵护，梦游者行如往常，有条不紊。梦游神一走，便倒地而卧，呼呼睡去。从前一幕到后一幕，转换得是那么快，遗忘得是那么彻底。梦游神的附体，最长不过半个时辰，游到的地方，超不过平时的活动半径。然而，故事中的这位老兄，悠悠一梦，竟从中原游到了关外，等到梦游神摇手拜拜时，已然儿女绕膝了。

难道说游得越远，梦就越长，遗忘就越彻底吗？

正常的人生当然不是梦游。可我们要是执意去那么比较，也许会大吃一惊。地理学家萨克现身说法：我在学校是教授，在家是丈夫和父亲，在教堂是信徒。三种角色，三种心态，三副面孔，三类行为，我从未混淆过（当然哪个正常人都不会混淆）。而且角色的转换是那么快，调整发生在一刹那：一见到讲台，我就变成了教授；一踏进教堂的大门，心境立马肃然。角色转换的当儿，地儿及其连带的场景就像一个开关。而所有这一切的上手和放下，都发生在不知不觉间。

地儿真的是那么能动地左右人的意识和行为吗？

包括会议室的座位。我不是说为每个人都贴了名牌的那种正儿八经的座位。会间休息回来，人们总是固执地回到原来的

位置上，好像坐回原来的位子才自在。小说《羊的门》中，县委开会时一把手常坐的那把椅子，班子里没有其他成员敢去坐。好像只有在自己觉得合适的位子上才心安理得，思路才能接续，才说得出话。要是换了位子呢？更进一步，要是走出去，到了别的地方呢？

外交老手抱怨说，初次出国的人往往太急于承诺，这是外交工作特别忌讳的。诚实敦厚的一个人，出差回来后，认认真真的承诺又很容易地被忘个一干二净。怪了，问题出在哪儿呢？也许到了外边，祖国和家乡也可以变成遥远的陌生世界？抑或回来后那暂时中断的一切急急地接续，而出差的情景连同承诺便被迅速地挤出记忆，太快地成为往事？

好像换了地儿就换了个人。

换个地儿就换个心境，换个角色，甚至还会完全换个活法。

当然，流浪也不一定是在现实的大地上的流浪。信息技术制造了许多虚幻的空间梦幻的世界。在这样的世界遨游，让人忘掉时间，忘掉地点，一层一层地甚至把整个“我”的存在都忘个干净——有人说极端的快乐正是彻底丢掉一切。另一种说法是：快乐的人没有闲暇甚至没有理由思考。

没了思考。没了存在。天堂地狱也只有一步之遥。

旅游的两种态度

可能就是一幅画上那随风摇动的椰树，就让人下了决意，开始一趟昂贵的、漫长的旅行。或者由于种种原因不能成行，就在心中生出了对于那个地方的一个念想，甚至成为一生的牵挂。

至今我还清楚地记得，第一次去黄山的时候，是如何受了那张照片的牵引，上上下下地跑着山路，去寻那一排富有神韵的黄山松。心里的那几棵松树，出现在年幼时家里挂着的景观年历上。当年是否总盯着那画，已经不记得了。但多少年过去了，那些松树挺拔而又婀娜的姿态，还历历在目。那天在山上跑得满头大汗，调整着角度，反复对比着心里的照片与现实中的场景。甚至没了安全意识，险些从山坡上摔下去。

无疑，景观若是借着艺术家的眼睛来欣赏，那美就更诱人。阿兰·德泊顿深谙此中道理，在他的《旅行的艺术》一书中，每

一章都虚拟一位大艺术家作为导游。比如到了法国的普罗旺斯，最合适的“导游”当然是梵高。在他的画笔下，普普通通的柏树和橄榄树都有了神。其实这一点，中国人更熟知。人说梵高之前，普罗旺斯没有柏树。意思是通过梵高，普通的柏树才开始进入人们的视野。那中国的梅花呢，还有松、竹、菊、荷、兰，在中国人的眼中，这些植物从来就是有神韵、性格和品质的——因为自古以来，它们一直是被诗词歌赋绘画甚至音乐浇灌的。

被艺术浇灌着的岂止是这些花草呢？费勇说，他的第一次出游是受了文字的诱惑。“西塞山前白鹭飞”的诗句，引得还是小学生的他就去湖州城外寻找西塞山。他问道：“在文学与地理之间，一直存在着相互的激荡。是地理激发了文学的神思，还是文学的神思赋予了地理以生命？”在费勇看来，正是诗词凝成的一个个意象，使中国的古地名有了令人遐想不已的神奇底蕴。特别是江南——“春水碧于天，画船听雨眠”；“朱雀桥边野草花，乌衣巷口夕阳斜”；“斜晖脉脉水悠悠，肠断白苹洲”——“江南是一块绚丽之地，古人层层叠叠的意象几乎覆盖了她的每一个空间。”

这样说来，中国有着诗意的地理，也可以有诗意的旅游。

然而，现实总是出人意料和令人失望。倒不是因为现实缺乏美，恰恰是因为任何旅游都是抱着憧憬和希望而启程的，而期望总是夸张的，特别是艺术作品诱引出的期望。而且，美还是季节、天气、好心情的巧合。到头来，像俗语说的：闻景不见景，见景更稀松。

如果“梦想成真”之旅注定要失望而回，那旅游还有什么意思呢？德泊顿的回答很有道理：既然现实总是出人意料，那么干脆放弃梦想，追求新奇！确实，从本质上讲，旅行是成长的隐喻，因为旅行的价值就在于拓展人的视野和世界，而新奇和“意料之外”正是旅行也是成长中必不可少的营养。因此，启程时可以没有目的，旅行不需要任何理由。正像波德莱尔说的：真正的旅行者纯为出发而出发。

第二次去黄山待了两天，漫天的大雾也持续了两天，只有眼前的黄山松让我确信，我确实又到了黄山。手中的相机只能拍树，可最让我得意的照片却并不是黄山松。最有韵味的一张，是大雾中湿漉漉的几片阔叶树的叶子——零落稀疏的几片秋叶，正是在灰灰蒙蒙的大雾衬托下，色彩显得异常明快和鲜活。心中的感觉难以用文字来形容，更想不起唐诗，情急中胡乱抓住一个洋词：Sharp！

读书的两种态度

要想做好学问，养成理性思辨的习惯非常重要。关于这一点，物理学家李政道说得好也说得妙："求学问，需学问；只学答，非学问。"

《世界是平的》一书的作者托马斯·弗里德曼曾提到：一位朋友问起诺贝尔物理学奖得主伊西多·拉比的成才之道。拉比回答说，小时候每天放学后母亲都会问他当天的学习情况。她对儿子一天所学内容并不感兴趣，但她总是会问："今天你是否提了一个好问题？"拉比说："提出好问题让我成了科学家。"

李政道和拉比的意思都是说：做学问就是要学会提出问题，新的问题，好的问题。而提出问题之前，往往要对所学所知提出质疑，甚至批评、反驳、批判，因为创新往往是对旧有理论的反动。

孟子早就说过，尽信书，则不如无书；孔子更早也说过，学而不思则罔。其实也都有这层意思：求学之道，质疑为先。

然而，世上却有两类书，世上的学问也有两类极不相同的学问：科学与人文。在法国哲学家加斯东·巴什拉看来：读人文、读艺术要有与上述观点完全相反的态度。

赞赏而非质疑，才是应该抱有的态度。因为诗意是灵魂的颤动，而那颤动来自于同情共感。读者能够被作者感动，必须要开启自身心灵的想象力——对那种意在言外的诗意象的想象力。“产生这样一种真诚的感动，一份要发出赞叹的小小的冲动，是必不可少的。而这时即便只是稍微动了批评的念头，就会让精神退至第二位，进而遏阻了这份冲动，摧毁了想象力的原始状态。”

巴什拉还把这种以赞赏获得美感和顿悟的理论引申到社会人生。例如外出旅游，假如对景观总是品头论足，那就会非常失望；但如果总抱有一种欣赏和赞叹的态度，肯定会满载而归。用哲学家的话说：当你用赞赏的目光观看世界时，世界以美向你开放。

甚至教育也是如此，俗话说：好孩子不是训出来而是夸出来的。

……

科学的本质是要脱颖而出，要异化，要创生，要否定权威否定他人而立我立新；艺术人文却要进入化境，化境乃无我之境，是进入他者，是揭示，是倾听物语虫言。所谓物物生情，人人可爱，超然而达观。

可是，任何态度、世界观和思维定势，都会有一定的惯性。学术研究中的思辨养成习惯，再带到生活中，就成了杠头、刺儿头甚至愤青。这也许恰恰就是学者们处理不好生活和人际关系的根本原因。

悟空的真正搭档

行者追赶妖怪，来到一个陌生去处。妖怪不知所踪，行者心甚焦恼，捻着诀，念动真言。少时，但见地面冒出一老者，五短身材，头戴角巾，身穿淡服，手持拐杖，足踏芒鞋。叩头道：“不知不知，知当远接。万望恕罪！”行者道：“我且不打你，我问你：这山叫做甚么名字？此处有多少妖精？从实说来，饶你罪过。”那土地便掐着指头，一五一十，娓娓道来……

这是《西游记》中经典的一幕。遇有环境生疏，大圣便唤出当坊土地、本境山神，问个究竟。那本坊土地也不含糊，每问必答，并无不知不晓之事。

大圣神通广大，尤其那腾云之法，四海之内，一日游遍。此技在身，地球便是平的，岂有山河之阻，地理障碍！然而，正是这齐天大圣，却不具备通晓天下的本领。取经路途，艰险陌生，所需地理知识，每每求助于小神土地。这一点，着实令人费解。也许古人认为这是天经地义：空间行为能力与地理信息获取能力，原本就应该是分离的？

常人在世，在征服空间上有两大梦想，一是克服距离，二是周知环境。在古代，梦想由神话承载：猴里猴气上窜下跳的悟空，乃降伏距离之神；行动迟缓却精通地理人文的土地爷，是周知环境之神。这对儿搭档，代表了人类梦想的两只翅膀。

梦想驱动着现代化的进程。火车和轮船、飞机和汽车，早已碾平了山河之阻，使大圣的灵光不再。如今的这个“全球化3.0”时代（《世界是平的》书中用语），通信和因特网，特别是以谷歌地球为代表的“数字地球”技术，也在威胁着土地爷的饭碗。因为它的目标，就是使地理知识和信息，即时立地地获得。就像广告词说的：无时无处，不在指尖。

大圣来到了人间，土地爷也要降下神坛。非凡的空间行为能力与获取即时立地的地理信息的能力，人类同时具备。两种能力不再分离，人的本领竟超越了齐天大圣！不得了！跟着的响动，肯定会超过“大闹天宫”。

此处按下不表。倒是那个费解的疑问，还是让人难以放下：为什么悟空只求得腾云之法，却没有练就周知环境通晓天下的功夫？或者，为何西天取经的搭档中，八戒、沙僧、白龙马之外，不增加一个地理通？

这位神仙显然不能是土地，因为十里一山神，十里一土地。空间圈子，个个不同。每位土地，只识一方水土一方百姓一方妖精。身为地缘神，屁股在土里扎下个根，离不得本地当坊。可以尽知此处所有事，却未知他方一两桩。

数字地球——正在苦练神功的“地理通”，能否做到“尽知此处也处处尽知”？也许像土地山神一样，变成个复数——数字地球们或地理通们——便可以做到？那土地爷是农业社会的产物，与土与地系得紧，而如今信息时代的社会空间，不再画地为牢，而是画圈子为牢。这些新的神仙，也许是识一圈子行当一圈子百姓一圈子妖精的那种？

互联网时代的地理差异

什么是地理学的第一定律？一种说法是：相邻的事物相似，远离的事物相异。另一种说法是：空间造成隔离，隔离促成个性的形成和发展，由此繁衍出自然和人文景观的多样性和区域差异。前一种观点强调的是地理同一性，后一种观点强调的是地理差异性。然而，两种观点都把这对矛盾统一体的本源归结为——空间距离。

美国地理学家协会前主席莫里尔（Morrill）教授，在谈到如何解释人口和经济现象的空间集聚时说：现实景观无非是两种相悖的又同样不可能实现的梦想的中间产物。一种梦想是把所有希望得到的都集中在同一个地方，于是有了与野外自然环境的差别越来越远、越来越舒适的“家”，有了越来越大、越来越繁华的都市；另一种梦想是在任何地方都能得到所有需要的东西，于是有了各地同一标准的五星级宾馆，有了全球一个模式的超级市场。然而，两种梦想也都同出一辙——对空间距离的彻底征服。

征服距离的梦想，古人在神话里表达。姜子牙乘麒麟，来去无阻。孙悟空驾祥云，转瞬十万八千里。克服距离阻力的能力，现代人把它作为文明的一个主要标志。从轮子的发明，火车的出现，飞机上天，到运载火箭摆脱地球引力，将人类送入太空，某种程度上说，人类的文明史就是征服空间距离的历史。如今，人类在这一征服的路上正经历着另一次飞跃，其标志就是通信和全球互联网技术的发展。骑马旅行，你经历的是风雨山河之阻；乘火车旅行，感觉中留下的只有窗外的景色；乘飞机旅行，剩下的只有时间。那么网上的旅行呢？甚至没有了空间，没有了距离。

没有人怀疑，目前由互联网和通信产业所带动的这场技术革命，将使世界改变面貌。然而，这种变化将沿什么样的路径延伸呢？凯恩克劳斯（Caincross），这个《经济学人》杂志的资深记者，似乎抓住了关键的线索，因为当她的书于1997年推出之后，很快成为欧美的畅销书。在凯氏看来，这场革命的实质和意义就像她给这本书所起的名字一样——《距离的衰亡》（*The Death of Distance*）。

在许多传媒上，出现了“地理差异将在知识经济时代失去其重要性”的言论。诚然，自然和人文景观区域差异不能完全归因为空间距离和运费。然而，也没有一个地理学者会否认距离在地理解释上的重要性。因此，凯氏的观点在地理学者中引起了注意。“距离的衰亡并非地理学的终结”，这种回应未免太过敏感。其实，仔细审查凯氏书中对未来的预测便知，说信息革命是“距离”的“终结”，有过分渲染之嫌。然而，她提供的视角，却具有很大的启发性。问题是：信息革命对空间集聚和扩散、区位以及区域优势等地理学的基本问题，究竟意味着什么？

交通技术的发展降低了运费，因而使经济要素的集聚成为可能；而通信和互联网的发展使相互联系的人们能够在很大程度上相互远离，那么是否可以因此而判断：信息革命更鼓励扩散？一种理论认为，运费对集聚的作用呈钟形曲线。就是说，当运费极大时，很难发生集聚，社会由自给自足的小农组成；当运费减小时，城市就成为必要和可能的了；当运费接近于零时，集聚便失去了其存在的必要性。看一看当今正在逐渐增加的通过互联网提供的信息服务，不正是后一种情况吗？

在交通和通信落后的时代，信息蔽塞，旅行和运输的成本高昂，人们难以知道和享受更好的异地产品和服务。有人说，人类从信息革命中所得到的无非是更多的选择。无论是吃喝，是休闲，还是居住，萝卜白菜，各有所爱。从这个意义上讲，区域优势，无论是自然的，还是人文的，在交通和通信愈加发达的世界，不是更加重要吗！

其实说到信息革命，人们最容易联想到的莫过于麦克卢汉（McLuhan）的“地球村”概念。通信、电视及互联网把五洲四海的人们之间的距离拉近了。更重要的是，有关区位和区域优势的信息促成了资本及其他经济要素的全球流动，各地之间关乎人们生活和经营活动的实质性联系越来越密切。因而，一种需求正在空前膨胀，如果说它以前对人们来讲更多的是一种消闲，那么现在和将来则更加实用，这就是——地理知识。

原载《地理知识》，2000年第3期。

化简世界

最近看到一篇短文，作者是美国行为地理学的大家。文章是写给行外大众的，与读者讨论大脑如何组织地理知识。你能否向远道来访的客人明白描述自己的地理位置，反过来又能否根据别人的指示很快找到目的地？这是测试一个人基本地理能力的标尺。作者提到了标志性建筑的作用。抓住了地标，再加上方向，你就能把世界这张网提将起来。文章的题目是“化简世界”。

简化这个世界，因为世界太过复杂！即使是地理学家，又何尝能全面地说清楚一个小地儿的自然和人文？因此地理课本为我们呈现的世界，都是经过大大简化了的世界。把地球划分成一个一个的带，把国家划分成一个一个的区，把城市归为不同的类别，为每个地儿贴上一个标签，那是地理学家组织地理知识的惯用手法。翻开地图册，哪一页不是对现实的简化？

区划是头脑中大地的框架。有了它，乱糟糟的世界才有了脉络；没有它，纵论南北西东时我们甚至讲不出话。因此有人说，地理是一种语言，我们言说用着它，我们思维也离不开它。

然而，头脑中的世界经过简化，我们便戴上了成见的眼镜。于是，新潮的上海、大气的北京、悠闲的成都、浪漫的珠海……不管是地方、城市还是国家，世上大大小小的地儿，或褒或贬，在人们心中总是贴着不同的标签。

善恶地理观

这些书，可能谈不上热销。但在旅行者中，这类书很畅销，因为在候车室或候机厅的书摊上不难找到：

《北京人什么样？》、《阿拉上海人》、《别拿上海人说事》、《成都人》、《其实你不懂广东人》、《纵横天下湖南人》、《胆识＋霸蛮——湖南人》、《湖南人凭什么》、《日本人凭什么》、《如此日本人》、《丑陋的日本人》、《解读山东人》、《我们江西人》、《我是东北人》、《俺们东北人》、《东北人是咋样的》、《精明的温州人》、《可怕的温州人》、《其实你不懂温州人》、《安徽人你为何沉默不语》。还有最初那本《河南人惹谁了》。

讲演名家易中天，也出了一本《读城记》。说明对受众来讲，这是一个流行的话题；而对媒体呢，是一个卖座的选题。

题目都很直白，内容显而易见。看看《性格地图》一书的提要:“两千多年前，各种各样的地域文化，在不同的房间着衣起床了，在每个人的身上烙下了一个胎记，有一种东西与生俱来地植入了每个人的骨子里……在这里，我们提供一个中国人的性格地图。在这里，每一个人都可以找到自己的性格基因。”

文字中用了很多隐喻，有感染力。属于偏见吗？这些书中确实有地域歧视，但更多的是地域褒扬。

《济南时报》报道:“《闯关东》的热播引起了老百姓的热烈反响，也让全国观众把赞扬的目光重新投向了山东人仁义宽厚、忠诚守信、有情有义、能屈能伸的优秀品格。山东电视台大型文化栏目《新杏坛》录制了专题节目《有情有义山东人》，邀请国内知名学者和作家探讨山东人的性格，试图通过本次节目客观地分析山东人的精神气质。”

此前，央视播出了10集大型历史人文纪录片《河之南》，反响不小。总策划杨晓民说:“不能否认，片子引起争论，一部分是由于它确实有为河南正名的作用。”这些作品中，充斥着对家乡、对祖国的自豪感。

当然你会说：地域褒扬与地域歧视，原本就是一对互相依存的矛盾。褒扬本土可能以贬抑他乡为背景；歧视外地也可能以本乡的优越感为前提。在这里，天使与魔鬼是挎着胳膊的姐妹。

善恶地理观

2005年深圳挂出地域歧视性横幅告示，几个河南籍公民将公安局告上了法庭。那个事件将普遍存在的地域歧视问题，推向了舆论焦点。如果说现实中的地域歧视，都是那些褒贬地域的书籍和影视作品造成的，肯定是言过其实了。其影响，并不一定比街言巷议威力更大。问题是，这些作品是现实存在的一种反映，代表了我们日常的话语。这些日常的话语交流，是我们获取地理信息的主要渠道，因而可能是塑造和改变我们的地理认识和地理观念的一个重要力量。你如果同意这样的说法：人们认识世界和改造世界所持的态度和采用的方法最终是由世界观决定的，那么这些地理观念就值得重视。特别是地理学人，试图解释地表景观的差异和变化的各位。

从地理信息和地理言说到地理观念，比如上面说的褒扬的和歧视的观念，中间显然存在一个伦理问题。需要一个地理伦理学，以便于讨论这些东西的好与坏、善与恶、公平与不公平的问题。

地理事物和现象的道德伦理评判，当然可以沿用一般的价值标准。地理学本身，是否为伦理学提供独特的视角呢？这要从地理学的源头考察。地理学的产生，源于人的两种需要。第一，人要迁徙，要出行，要开阔眼界拓展疆域，因此要知地理；第二个需要可能更基本，那就是人要栖居，要建设和维护家园，因而要熟知家所在的地儿，要知道这个地儿与其他地方的联系，还要知道改造家园的后果，也就是说：要了解人地关系，就要懂地理。第一种需要造就了地理学空间科学、区域差异及区域联系的传统；第二种需要成就了地理学方志、地文及人地关系的传统。

这两个传统推演出两种伦理价值观：第一，用地理学视角，看到的世界是马赛克式的，是现实世界的丰富多彩。相应地，容易让人形成差异性、多样性或多元性的世界观以及宽容性的伦理价值观念。第二，用地理学人地关系和区域联系的视角，看到人与自然的联系和各地区之间的联系，看到自己行为对于家园的影响，这些对于居住在现代城市中的人们不那么容易，而了解这些可以增强人对于自己行为的责任感。

人地关系的伦理问题，也是环境伦理学研究的对象。而区域差异性的视角，可能是地理学的独特贡献。如果以这个视角为立场（这也是目前流行的一个价值取向——和谐社会与多元文化），来构建地理价值观，那么起码包括下面几条：

以大同思想为荣，以沙文主义为耻；

以共同市场为荣，以地方保护为耻；

以兼容并蓄为荣，以地域歧视为耻。

看来，多了解地理，能使人道德提升。然而，这却是有条件的，那就是具体的地理知识应该是现实的“真实”反映。上述这些作品中的观点，是以事实为依据的吗？读者自有判断。倒是有一个问题值得思考：为什么对于地理的认识，容易形成歧见或偏见？而地理观念又容易受成见的左右？

在这个平坦化了的大迁徙时代，离不开地理信息的大交流，各种地理观念也少不了碰撞。地理观念的善恶，不能总被文学、图像、传说以及我们自身的情感和成见遮蔽着，其本身应该成为话题。

天做的圈套

曾几何时，我们把读报认认真真地当作是学习。而今，当家里的老爷子晃着报纸说教，言称晚报上如何如何说，便成了笑料。时代在变化，以前在我们心中被奉为权威的东西走下了“神坛”。

书不再有从前的分量。常听朋友们说，如今不再买书了。逛书店，为的是买地图。为什么买地图？因为买了车，因为正筹划着买房子，因为常出去旅游。也难怪，这三样儿是如今的消费热点，而哪一样儿离得开地图呢？不知不觉，我们进入了读图的时代。

对于工薪阶层来说，买房子是一项大消费。每逢这样的大消费，人的心先“发烧”。发烧的一个症状，就是手中积攒了一大叠广告。你最看重区位？没问题，每份广告中都附送一张地图。那张地图，简直就是件艺术品！你“梦中花园”的位置和周边环境在图上一目了然：它就在高速路旁！更难得的是，在“梦中花园”与全市唯一的一片水面中间，空空旷旷地铺着一块绿地。“简直是太棒了！”你不由得喊出了声。然而，当第二天去转楼盘看房子时，你对着地图发起了愣。

受骗了。骗你的是地图上的圈套。我们只知道统计数字会撒谎。不错，地图也撒谎。而且，地图撒的谎不那么容易察觉。为什么呢？首先还是怪我们受骗者自身。人类的本性，是更相信自己的眼睛。耳听为虚，眼见为实嘛。统计数字撒的谎，我们已经习以为常。比起数字来，地图更直观，而直观的东西更容易让人深信不疑。

谎言能否骗人，还在于造谎的手段和技巧。用统计数字撒谎，通常是在平均数、变率及百分比上做文章。工具就那么几个，手段便很有限。而用地图撒谎就不同了。制图者可以在内容取舍、比例尺、投影、符号、颜色、方向、图幅等多方面施展手段。归根结底，数字是一维的，而地图是两维的。

像房地产商，为了突出其楼盘的区位优势，绝对只选取有利的地物，并缩小图幅和比例尺，以显示近便。有趣的是，在意识形态斗争激烈的年代，世界政区图上对不同国家的着色，反映了国家间的关系。赏心悦目的颜色大大方方地赐予国际友好，而留给敌人的，不可能有光明和灿烂。

当然，圈套和误导是商家的伎俩，是对地图工具的滥用。然而话说回来，要制图，善意的谎也是非撒不可的。归根结底，因为地图是现实世界的模型。现实世界是三维的，而地图是两维的；现实世界纷繁杂乱，地图必须清晰、明确地传达信息；关键是，地图要把广袤的现实世界缩为咫尺。从三维到两维，球面被投影为平面，要么放弃对方向的忠诚，要么放弃对距离的忠诚，没有商量的余地；追求清晰和明确，地图必然要对地物进行取舍：突出重要的，隐藏次要的；从广袤到咫尺，有些重要的地物可能会小得看不见，因此地图不得不在几何图形上进行归纳和夸张。总之，地图绝不会也没有必要做到对现实世界原原本本的克隆。换句话说，地图骗你没商量。

对待善意的谎言，人们通常采取宽容的态度。当宽容发展到理所当然，批判性思维便退到了一边。因此善意的谎言更容易产生误导。笔者研学地理多年，竟也常常受地图之骗。工作的关系，出差是经常的。临行之前的功课，当然是收看中央电视台的天气预报。天气形势图上圈出的大片大片的雨区，指示着我把雨具装入已经鼓胀的行囊。然而，每每是原样背回来，我服务它，而不是它服务我。问题出在哪儿呢？你当然会说，天气预报还做不到那么准确。然而对比一下省份和城市的预报图，会发现问题出在比例尺上，因为后者的比例尺加大了，雨区的圈圈包括的范围就会小得多。

有人说，地图是科学与艺术的结晶。不错，作为信息传播的媒介，地图的价值主要在于实用。这要求地图既要在内容上准确，又要在形式上鲜明，于是把地图制作推到了一个两难的处境。正是这两难的处境，给了艺术以广阔的空间。这不仅因为夸张和取舍也是艺术惯用的“伎俩”，从更普遍的意义上说，处理两难，处理“度”，必然要诉求于艺术。

科学追求的极致是简单，艺术拨弄的是情感。然而，大道崇简，却难免以偏概全；至美煽情，却最能障人耳目。你说，地图的“圈套”，有多少是人为，又有多少是天做呢？！

天上一日地上一年

不是说地球在变暖吗？春节前后南方发生的历史罕见的大范围持续低温雨雪冰冻灾害①，却让人始料不及。更具戏剧性的是，一个讨论应对全球变暖的重要国际会议——巴厘岛联合国气候变化大会——刚刚结束不到一个月时间。而这个会议也恰恰是一个因各种立场激烈交锋而不得不延长会期的大会。好一个噱头，媒体们开始大做文章了。

本文不专论这件事，只是拿来做个引子。当然，对这个问题的解释，同意湖北省气象局陈正洪研究员：全球变暖只是气候变化的总趋势，暖冬成常态，并不意味着寒冷不再；变暖是就全球的平均状况而言的，少数地方、某些时段反而变冷，是完全可能的。

---

① 本文写作时间为 2008 年 2 月。

本文要说的是：谈论气候，必须有一个尺度概念，也就是时间和空间上的视角大小。像陈研究员的话，前半部分谈的是时间尺度：全球变暖，说的是10—100年尺度上的事情，也就是人类的代际尺度。观测气温，可以记录年、月、日、时甚至更细微尺度上的波动，在每一个尺度上都可以绘制高高低低锯齿状的气温变化图。假如我们看的是时线图，即使是在冬季，也不会见到一个升温的趋势段，就判断春天开始了。因为那可能只是一个日内的波动。

放在更长的时间尺度上说，我们现在处在间冰期。冰期间冰期的旋回大概有10万年的周期。现在的这个温度适宜的间冰期始于1万多年前，按照这个周期几万年后地球又可能进入新的冰期。在这个周期的背景下，依然存在小尺度上剧烈的气温波动。电影《后天》的历史原型——12000年前的“新仙女木事件”，就是在最后一次冰期向间冰期变化的升温过程中，一次突然的快速降温事件。那时格陵兰地区的气温在数百年间下降了近20摄氏度。

陈研究员的话，后半部分涉及空间尺度：全球整体的变暖却并不意味着各地以同样的幅度和速度变暖。过去100年，全球气温平均升高了约0.7摄氏度，而北极地区的温度却以几乎两倍于其他地区的速率升高。也有这样的地区，气温非但没有上升，反而下降了。

其实，不光是气候，环境、经济、社会的许多方面，都存在很强的尺度依赖。可以说：选定好观察的尺度，是认识世界的一个前提。

某些时候，尺度问题可以理解为局部现象的全局效应；而另一些时候，尺度效应指的是宏观因素的微观影响。尺度效应有时非常复杂，规律性难以把握。例如，就前者来讲，缩小、放大及背离三个方面的效应都存在。

缩小效应或称滤波效应，最为常见。比如空间上的滤波效应：无定大水，黄河不一定泛滥；时间上的滤波效应：今年的低温，在10—100年尺度的变暖趋势上，就被平滑掉了。以宏观的视角看问题，往往会平均掉那些在微观上看相当剧烈的变化。这也许是那句俗话的学理依据：“时间会抹平一切的。”

尺度效应，是复杂性的一个表现，同时也为这个世界增添了妙趣：个体上的利己行为，却在群体上表现出整体的利他。这在生物群落和经济系统中都是常见的现象，所谓的“主观为自己，客观为大家”。这也是尺度间背离效应的一个很好的例子。

肉眼之下，万物都有明确的位置。但显微镜下的细菌、病毒、空气分子，运动很不规则。人们发现，越在精细微观的尺度上，偶然性越强；尺度越粗糙越宏观，预测往往就越可靠。比如可以通过育龄人口数和生育率的下降确切地知道，上海和北京等大城市的小学校数目会减少，但具体预测出哪几所小学会关门，却不那么容易。

地理学有着把握尺度问题的悠久传统。地理学家发现，许多环境和经济社会问题的答案，取决于观察的尺度。一般来讲：规律，从宏观上把握；而原因和机制，于细微处考察。如果能自上而下或自下而上地转换几个视角，可以看透现象并提高洞察力，那是学术研究上的艺术。在研究复杂问题时，地理学的经验是：宏观上的综合与微观上的分析要结合起来。

最后，掌握好尺度还是一个重要的经济问题。这又让话题回到了雪灾上来。大灾之后就是重建，按什么标准重建？还用问？至少是能够抗击这次大灾的标准！利益有关的方面——特别是商界——甚至会主张采用更高的标准。理由么，充分得足以让持异见者哑口无言——因为自然灾害是人命关天的事情。

然而，费用是由公共财政承担的。而公共财政，除此之外还承担着许许多多别的人命关天的事。关键是这个风险防御的问题，尺度依赖性是最强的。成本和收益都放在足够长的时间尺度上算计，才能定出恰当的重建标准。

直面复杂性[①]

近现代科学的发展，就像产业的发展一样，专业化是主流。学科越分越细，分工越来越明确。学科细化有许多优点。道理很简单：只有定位明确，集中精力于一个焦点，才能掘得深，挖得快。学科的发展，包括学者个人的发展，非专难以成就事业。

然而，也有这样的学科，像地理学，把“综合”而不是“分析”确定为自己的使命。这看起来与学科发展之大势相悖。于是，地理学面对着两难处境：综合需要广博，同时又不失学术的深刻。然而人的精力有限，难以做到既广且精。许多人虽苦苦耕耘，却鲜有所获。有一种说法，不到50岁，没有资格成为地理学家。于是，许多矢志于地理学研究的年轻人逃跑了，转行从事其他学科

① 本文是2002年为纪念黄秉维（1913—2000）诞辰90周年而作。

的研究。

地理学关心地球表层的自然界，关心人与自然的关系。复杂是这些问题的共同特征。我们经常遇到这样的问题，一因多果，或者一果多因。在这个领域，用简单的因果关系推论，往往会遇到麻烦。如今人类遇到很多的环境问题、灾害问题，例如洪水，例如沙尘暴，这些问题究竟在多大程度上说是人类活动造成的？又在多大程度上说是大自然的规律使然？我们说不清楚。我们在上游或者上风地区种树，为的是保持土壤，减少侵蚀，没有想到也同时耗尽了那点可怜的雨水，使江河断流，使下游的城市地区更加干渴。在许多国家的政府部门和社会组织中，与森林有关的强调林的重要功能，与水资源有关的强调水的重要作用，为的是本部门本组织在生态建设中发挥更大的作用，干更多的事情……然而好的愿望，却不一定有好的结果。归根结底，大自然是整体的，牵一发而动全身。

显然，学术专门化的发展是难以解决这些复杂问题的。有人针对目前学科分化的现状，戏称："专家属于这样一些人，他们对越来越小的问题知道得越来越多，直到对小得近乎不存在的问题一清二楚。反过来，从其他专家的角度看，他对本领域以外的问题却一窍不通。"看来，现实需要综合，需要从多学科不同视角、全局和局部各个层面、宏观和微观各种尺度考虑问题。然而综合既然遇到悖论，学术研究究竟从何入手呢？黄秉维先生几十年的地理综合研究，在这方面给我们留下了宝贵的遗产。

面对复杂，需要积累。人们都熟悉王国维的做学问三境界：其一，独上高楼，望尽天涯路；其二，衣带渐宽终不悔，为伊消得人憔悴；其三，众里寻他千百度，蓦然回首，那人却在灯火阑珊处。熟悉黄秉维先生的人都知道他的“钝端学科说”。他说，地理学不像数理化等尖端学科，属“钝端学科”。按照这一“钝端学科说”，王国维的第一境界只适合尖端学科。对于地理学，不存在直上高楼或山顶的捷径，只能沿着盘山小路，弯弯曲曲地向上跋涉。他形象地说，我们绕着山盘了一圈，可能只跨上了一根等高线。然而，没有这样的盘绕，如何做到广博？没有这样的跋涉，如何做到精深？

面对复杂，需要分清主次。先生常与人谈起毛泽东的《矛盾论》。分析问题和解决问题，《矛盾论》主张抓主要矛盾。先生在20世纪50年代搞自然区划，70年代搞农田生产潜力，都堪称综合研究的经典之作。在这些工作中，贯穿着一个“抓主导因素”的原则。自然界的空间分异因素错综复杂，然而50年代的自然区划有一个主要目的，那就是为农业服务。于是温度和水分条件，就成了主要指标。农田生产潜力的大小，影响因素很多。然而，环境条件影响作物的生产力，符合“木桶效应”。找到那根最短的木板，然后再寻次短的木板，估计的生产力水平便接近实际。这种“在综合的指导下分析，又在分析的基础上综合”的思维方式，贯穿着先生地理学综合研究的始终。

面对复杂，需要新的视角，新的方法。有两个方面的原因，都能引起一个学科革命性的发展。一是这一学科的理论和方法的价值被其他学科发现并广泛运用；另一个是这一学科所提出的学术问题引起其他学科学者的兴趣，并参加进来攻关。不拘泥于地理学，广泛涉猎、博览群书是先生为学的一大特点。用先生的原话说，“英雄莫论出处”。早在20世纪60年代，先生提出自然地理学的三个方向：引进物理学、化学和生物学的理论方法研究地球表面的空间过程，以深入认识自然界的地理差异。90年代，在“地球系统科学”的观点出现不久，先生即敏锐地洞察到它对解决可持续发展问题的重要性和对地理学发展的意义。先生倡导地理学者积极参与“陆地地球系统科学”的研究。然而先生也明确地指出，进行这一科学研究，地理学必须要拥抱其他学科，“地理学不可能独打天下”。这一次，先生求教的是经济学。因为陆地地球系统科学的核心是人地关系，而对人地关系的解释离不开研究人类选择行为的理论和方法。这一次像60年代三个方向的倡导一样，我们又看到了先生的远见卓识：在最近进行的国际地圈生物圈计划（IGBP）第二阶段规划中，整合出一个新的核心计划，名字叫作“陆地人与环境系统”（THE），研究的核心问题是人类社会与自然的关系。

面对复杂，需要争论。真理越辩越明，这个道理看似显而易见，然而行出来却并不像说出来那么容易，因为我们习惯于把学术与伦理和价值判断纠缠在一起。环境和生态问题大都十分复杂，我们往往重视了一面而忽略其余。于是，在这个领域中常常出现片面的“神话”横行天下，误导大众视听和政府决策的现象。一个典型的例子就是森林的水文和气象效应。先生于20世纪80年代初发起的关于确切评价森林作用的公开争论，成为在环境和生态学界以及有关管理部门流传了20多年的佳话。先生在这一事件中所表现出的大无畏的科学态度，在中国的学术界是难能可贵的。有趣的是，20年后，联合国粮农组织（FAO）召集了一次有关森林水文气象效应的学术研讨会，会议总结梳理了关于森林的若干“神话”与现实的背离，会议发起者在这个问题上的忧虑与黄秉维先生在20年前的忧虑不谋而合。“神话”仍然在不断出现，如果各种学科不同观点都参与争论，那么一个立体的逼真的因而也是综合的图像就会呈现出来，那是对学术对大众对国家乃至对整个人类都是有利的。

面对复杂，需要组织队伍联合攻关。一个人单枪匹马搞综合研究，精力有限，难以做到既广且精，一个队伍就不同了。大型工程需要大部队来完成，比如登月计划和两弹一星。然而，地理学综合研究与这些技术性很强的大型科学工程还不一样，主要是没那么具体明确。而且地理过程往往不能模拟或者实验不可重复，观测需要长时期的积累，因此队伍中的成员需要长期合作。先生从20世纪50年代起即长期担任地理研究的领导工作，对于如何构建队伍有很多想法。在晚年，先生经常谈起美国地理学家W. Wolman的“15人队伍说”。这个队伍的成员长期交流切磋，有共同的语言、共同的目的，又有较明确的分工，能指臂相使，具有观微知著、举一反三的本领。在科研体制以生存为主导的今天，这是一个可行的方案还是一个梦想？先生说，建立这样的集体是他的一个心愿，言谈中带着些许无奈。先生的心愿是寄希望于后学的，而后学所需要的，显然是先生那知难而进的精神。

暧昧的地理学

按地理学家普遍接受的说法，区域性和综合性是地理学的两大基本特性。意思是说，有别于其他学者，地理学家在解释世界和探究问题的时候，一方面总是戴着一副马赛克式的眼镜，看到的世界纷繁杂异各地不同；另一方面又往往采取居高临下总括全局的视角，重视事物的联系和相互作用，从整体上把握区域特征。

在我看来，这两个虽说都是地理学的重要特性，但是还有一个特性可能是更基本的，那就是“暧昧性”。

暧昧是一种不偏不倚、模糊不清、似是而非的状态。

地理学“暧昧”的例子很多。先说自然地理学。当年在学校学习自然地理，印象最深的是关于自然区划的课。因为故事性很强，许多著名学者在如何为中国划区、如何确定分区界线上，存在长期的争论。比如说亚热带的划分，还有暖温带的南界到底是划在秦岭的南坡还是山脊，等等。争论很激烈，很有趣。为什么划分开？因为差异。为什么划在一个区？因为相似。然而，相似性和差异性是一个硬币的两个面。大致的界线是有的，比如海岸线、冻土的南界、常绿阔叶林的北界等等，然而，即使像海岸线这样看上去非常清楚的界线，你若硬要较真儿，想把它画得绝对准确，却是不可能的。很多地理界线，从远处看是一条线，但从近处看，却是一条带。

再说心灵和心理的地理学。作为地理学家自然会强调家、故乡这些地方在人心灵中的作用，它们是温暖人心的；然而也不能否认人们对远方、世界、宇宙甚至更大空间的憧憬和渴望，它们是满足好奇心和激励志向的。没有一个能让人精神松弛下来的温暖的窝儿，想象就不能展开翅膀；可另一方面，只有走得远离开得久，才能使家的温暖和故乡的安逸显现出来。显然，这里也没有数学的用武之地，只能用一个越拉越紧的“张力”，来解释人地之间的关系。

如果不用“暧昧”这个词，换个说法来描述地理学，可以说：作为观察世界的工具之一，地理学是广角镜而不是放大镜或者显微镜。不过，就像变焦镜头，从长焦端转到广角端，是细节到整体、微观到宏观的变化，同时也是从清晰到模糊的过程。

都说学地理不是登攀过程，而更像个修炼过程，需要时间需要积累，我想跟这个“暧昧性”和强调对“尺寸的拿捏”有很大关系。

也许真想学好地理学必须首先学好哲学。这个哲学当然是关于如何把握“度”的哲学。而这方面最老到的可能就是孔孟之学了。有趣的是，儒学在英文字面上为“混淆之学”（Confucianism）。中文的说法是“中庸”，其实也有“暧昧”之意。

换个说法，要把握好地理规律，把握好尺度，要紧的是掌握辩证法，地理辩证法。地理辩证法就是把握好相似与差异之间的那个“度”，集聚与扩散之间的平衡，此地与远方之间的那个“张力”。

美国与墨西哥边境的隔离墙。

地理本能

上个月初[①]，柏林墙倒塌整整20周年。德国人隆重纪念，也重新唤起了媒体对“隔离墙”的热议。墨西哥有份报纸报道：20年间，这种不人道的建筑，非但没有在世界上消失，反倒越修越长。报道摘引法国地理学者做的一个统计，近6年来，仅在欧洲和中亚地区，就立起了各式各样的隔离墙或屏障2.6万千米。看来，人类距离实现“无壁垒”的梦想还很遥远。

无论出于什么目的，建造“隔离墙”是一种“地理策略”。因此地理学者对此有浓厚的兴趣，就不足为奇了。对于马克思主义地理学者来讲，公平是发问的起点；而人文主义地理学者的学术研究，问来问去大都问到善恶的问题上。这也许是作为知识分

① 本文写作时间为 2009 年 12 月。

子一员的地理学者，总是怀揣着建设美好世界的良好愿望。于是萨克试图建立一门“地理伦理学”。他所考察的“地魔”，第一个就是“隔离墙”。

然而“隔离墙”也有无形的。那些无形的“地魔”中，突出的例子就是地域歧视。2002年前后，一声“河南人惹谁了”的叩问，引来了激愤的辩驳和来自各种角度的解释。随后的几年，市面上见到了二三十本诸如《×地人是咋样的》、《×地人凭什么》之类的畅销书。或贬抑，或褒扬，为天下人勾画“性格地图”。这显然不属于“隔离墙”之类的“地理实在”，也不属于萨克所说“地理策略”，涉及的是人们头脑中的“地理观念”。

如果说人们认识世界和改造世界所持的态度和采用的方法，最终是由世界观决定的，那么地理观念就值得重视。可以说，历史上没有哪个时代能比拟眼下的这个世界，地理观念的碰撞如此激烈和广泛。地方意识和乡土情结捍卫着传统文化遗产和珍贵的地方独特性，也累积着地理成见；民族主义维系着族群的团结，同时也与披着国际主义外套的“全球治理”发生着冲突。那么，究竟地理观念是如何形成的？特别是，评价这些观念的善与恶，地理学能够做些什么贡献？这些问题，好像还有待回答。

萨克将“真”作为评判地理实在之善恶的一个依据，把狭窄人的视野或遮蔽地理事实的“地理策略”，判定为不义。根据这个准则，“隔离墙”显然是恶的。依此推论，“科学的”地理学实践，也应该是善的。不是吗？“科学的”地理学者致力于揭示地理事实，去伪而存真。纠正常人的地理观念，由真而至善。而且，他们呈现给大众的一张张地图，还彰显了世界的多样性，无疑会促进求同存异的大同世界观；他们揭示的各地之间的联系，也能帮助人们看到自己行为的后果，增强人们对家园和地球的责任感。

不过，且慢。要是问这些地图如何地“真”呢？且不论学者的诚实，只说地图作为空间表征工具的局限。在地理事实的空间差异性与同一性之间，在科学的准确性与艺术的表现力之间，还有在空间表征的尺度上，哪个地理学者能摆脱得了“策略”呢？这样被地理学者“简化”（区划）和“夸张”了的世界（地图），又怎能避免受众会产生“地理成见”或“地理偏见”呢？看来，这种判据依然存在技术上的障碍。

对伦理问题的发问往往会撞到“难墙”（两难的“难”），陷入道德困境之中。就像地域褒扬与地域歧视，原本就是一对互相依存的矛盾。褒扬本土可能以贬抑他乡为背景；歧视外地也可能以本乡的优越感为前提。民族主义与全球治理正是根植在这个悖论之中。

也许需要换个思路。博姆（David Bohm）的视角很有启发性。在他看来，不应该把困境都当作有待解决的“问题”。就像地域褒扬与地域歧视这对悖论，如果被当作“问题”来对待，试图制定一个评判善恶的标准，非但问题得不到解决，还会陷入更大的迷惘之中。为“河南人”正名的种种努力，正说明了这一点。其实，只有理性的“科学”才总想“解决掉”摆在面前的“问题”。对人文学科来说，这种思维方式本身可能就是有问题的。如果针对“问题”的动词是“解决”，那么针对“悖论”的动词只能是“解释”或“领会”。追问悖论的根源，把遮蔽着的晒出来就是了。

其实，人文主义地理学者通过他们的工作，已经晒出了许许多多的地理悖论。拿段义孚做个例子，他的书大都是以悖论作为标题的：*Space and Place*、*Cosmos and Hearth*、*Segmented Worlds and Self*、*Dominance and Affection*、*Morality and Imagination*。无论是面对人地关系，还是面对家园与世界的关系，人都宿命般地处在困境之中。我们对自然的摆布，恐怕很少出于恶意，更多地是出于爱和美好的愿景。从根本上讲，恰恰是爱与支配相伴随行。

虽然都是瞄准人地关系和地理上的人人关系，“科学的”地理学者（不只是自然地理学者）把外在的世界作为对象，而人文主义地理学者向人的内心追问，一直问到本体。萨克说人是地理动物，这好像不容易理解。可当他提醒我们说，我们自觉不觉地把生活的地方儿加入到本体的认知中，就不容怀疑了。比如见面打招呼，自然而然地要问府上是哪里。隆中诸葛亮，常山赵子龙，《三国演义》和《水浒传》中的英雄，哪个没有出处？显然，地理是我们认识人、认识世界的一个重要背景。我们是用这个背景来记忆吗？不完全是，其实我们心中早有一个框架，新人、新事物要安置在这个既定的框架中。这无非是说，头脑中既成的“地理观念”，像各类地理区划，是我们的语言，是存在之家。

如博姆所说，所有我们认同为“最本质自我”的情感和观念，都无一例外地包含着悖论。

求善也许是个过程。“科学的”地理学致力于纠正地理错觉和地理偏见；人文主义地理学致力于晾晒人的地理本能。追求明晰是人的本性，因而两种学问出发点都是善的，途径不同而已。

跋：《家园·旅途·远方》

——心灵地理学的框架

人们对地方的感受和观念，带有强烈的情感色彩。而情感则是心灵的表露。那么，这个地方儿那个地方儿，究竟在心灵中是如何摆放的呢？

世上把心灵对话作为职业诉求的，唯有诗人和作家。于是，到文学的世界中采集心灵地理学的素材，就成为自然的了。

这条路，是地理学家段义孚开辟的。段义孚考察过多种地方儿在人们心灵中的意象与含义，发现家与世界拉伸出的张力最强，对应了传统地理学中最最基本的两个概念——地方与空间。

向人类经验的本源处发问，使地方与空间的含义彰显，是在这条路上的探寻所依凭的拐杖。于是段义孚由家园向外，问到世界，问到宇宙；向内问到家，最后问到家中的壁炉。茫茫宇宙，以其遥远和陌生激发出心灵对世界的好奇和梦想；而壁炉，以其温暖和团聚揭示出家在心灵中的含义。

壁炉是西方人对家的意象，那中国人呢？带着这个问题在汉语文本中搜寻，终于读到了作家张炜关于北方大炕的一篇散文。文中说："北方的中国，特别是东部沿海和辽阔的关东，几乎家家离不了大炕。在那里，一说到炕就想到了家……的确，有时候我们不得不说，一个家庭是以炕为中心组织起来的。"文章的题目是《北国的安逸》，而安逸和温暖，恰恰是段义孚的"壁炉"所揭示的意境，是家在心灵中的本质含义。张炜还说："一想到炕的形象，它所包含的意蕴，特别是它在冬天所给予的那种安逸，也就想到了我们中国人才拥有的那种生活。"

再说宇宙。作为与家园相对的意象，在汉语文本中远远不如"远方"更加明确和深刻：

远方是什么？远方是孤独和陌生。海子说："更远的地方更加孤独。远方啊除了遥远一无所有。"当然远方又是充满着新奇与希望的。许达然说："远方有海，有山与林，远方总是飘扬着你的梦。"远方还意味着自由。远方是三毛的诗和歌中反复出现的意象。她唱道："到底远方是什么东西？然后我听见我自己回答，说远方是你这一生，最渴望的东西，就是自由。很远很远的，一种像空气一样的自由。”海子这样描述远方：“风后面是风，天空上面是天空，道路前面还是道路。”这位视自由为生命的诗人甚至直接喊出：“我要做远方的忠诚的儿子！”

莫小米说：“老家是一个离开之后方才拥有的地方。”说明对于生于斯长于斯的家乡，人们是不自觉融入的。只有通过旅行，通过疏离，家园这个意象才会在心中真正彰显出来。

旅行，无论属于旅游、移居，还是流亡，目的地都指向远方。走得越远，经历越曲折，眼界也越开阔。旅行定义了心灵中的家园，也重新定义着远方。

其实远不止这些，旅行还可能重塑本我。正如曾哲说的：“我们走出去，就会有对生命的感受；走得越远，这种感受就可能越深。你离开家乡越远，家乡越攥紧你的心。离开城市，会让我对城市生活有更深刻的理解。漂泊的过程，让我有机会从另一个角度感受城市、体验生命。”谢旺霖也有同感，他把旅行当作自己成长的工具。

谢旺霖所说的“成长”，指的显然是“地理本我”的成长，涉及视野、自由和心胸。德国哲人僧侣圣维克多的雨果说：“一个认为自己的家园甜美的人还是一个脆嫩的初学者，一个把每一片土地都当作祖国的人是强壮的，但只有把整个世界都视为异域的人才是完美的。”

看来，在家园与远方这两个心灵地理学的基石之上，还有一座桥梁，那就是旅途。